8
9
WILLKOMMEN
WILLKOM

Jochen Till

Luzifer junior
Fiese schöne Welt

Alle Bände von Luzifer junior:

Band 1: Zu gut für die Hölle
Band 2: Ein teuflisch gutes Team
Band 3: Einmal Hölle und zurück
Band 4: Der Teufel ist los
Band 5: Ein höllischer Tausch
Band 6: Schule ist die Hölle
Band 7: Fiese schöne Welt

Jochen Till

LUZIFER junior

Fiese schöne Welt

Mit Illustrationen von Raimund Frey

Band 7

Loewe

FSC
www.fsc.org
MIX
Papier aus verantwortungsvollen Quellen
FSC® C014496

ISBN 978-3-7432-0489-8
1. Auflage 2020

Dieses Werk wurde vermittelt durch die Agentur Brauer
Umschlag- und Innenillustrationen: Raimund Frey
Umschlaggestaltung: Michael Dietrich
Printed in the EU

www.luzifer-junior.de
www.loewe-verlag.de

Inhalt

Luzifer junior

Luzie genannt, Sohn des Teufels.
Wurde zu uns nach oben geschickt,
weil er zu lieb für die Hölle ist.
Kennt sich in der Oberwelt noch nicht gut aus.
Tarnname in St. Fidibus: Vitus von Turbsnatas.

Lilly

Nichte des Hausmeisters in St. Fidibus.
Luzies Zwillingsschwester, was die
beiden aber noch nicht lang wissen.
Hat das Temperament ihres Vaters geerbt.

Luzifer

Herrscher der Hölle.
Unbeherrscht, launenhaft, bösartig.
Zeigt in seltenen Fällen aber doch Herz,
wenn es um seine Kinder geht.

Steven

Luzifers Assistent.
Bringt die Hölle auf den
neuesten technischen Stand.
Liebt Äpfel, hasst Fenster.

Luzies und Lillys Oma.
Hat ihr eigenes Universum erschaffen,
in dem alles besser ist. Oder auch nicht?

Luzies Hausdämon.
Kann sich in alle Tierarten
der Oberwelt verwandeln.
Sehr verfressen.

Schüler in St. Fidibus.
Luzies Freund.
Hochintelligent.
Hat jede Menge Ticks.

Schüler in St. Fidibus.
Luzies Freund.
Zuverlässig, hilfsbereit.
Ist mutiger, als er denkt.

»STEVEN! STEEEEEVEN! HILF MIR! ICH STERBE GLEICH!«

Körperliche Beschwerden

»OH NEIN! ICH EILE, CHEF! HALTEN SIE DURCH! ICH BIN GLEICH BEI IHNEN!«

»SCHNELLER! ES IST SO SCHRECKLICH! ICH ERTRAGE DAS NICHT MEHR LANG!«

»Bin schon da, Chef! Was ist denn passiert? Ein feindlicher Angriff? Friert die Hölle zu? Haben die Folterknechte eine Gewerkschaft gegründet?«

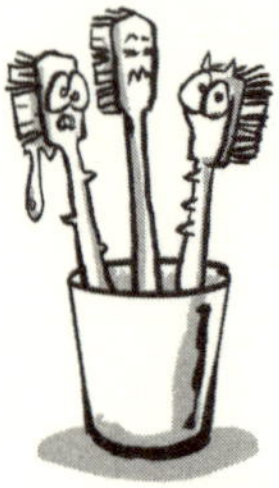

»Das würden sie nie wagen. Die letzten, die das versucht haben, stehen jetzt als Zahnbürsten in meinem Badezimmer.«

»Aber was ist es denn sonst? Geht es Ihnen nicht gut, Chef? Haben Sie irgendwelche körperlichen Beschwerden?«

»So ein Quatsch, natürlich nicht. Ich bin unsterblich. Was sollte ich für körperliche Beschwerden haben?«

»Na ja, könnte doch sein. Sie sind schließlich auch nicht mehr der Jüngste, da zwickt es schon mal im Knie oder in der Hüfte. Geht uns doch allen so, das ist ganz normal und kein Grund zur Panik.«

»NICHT MEHR DER JÜNGSTE? ICH GLAUB, ES HACKT! ICH BIN IM ALLERBESTEN TEUFELSALTER! BEI MIR ZWICKT ÜBERHAUPT NIX! UND WENN DU SO ETWAS NOCH MAL BEHAUPTEST, KANN ICH DIR GERN DEIN KNIE DREIMAL UM DIE HÜFTE WICKELN, DANN ZWICKT ES ABER RICHTIG!«

»Okay, okay, alles klar, Chef, ich habe verstanden. Nie wieder Ihr Alter erwähnen.«

»ICH HABE KEIN ALTER! ICH BIN ALTERSLOS! SCHREIB DIR DAS HINTER DIE OHREN! SONST MACH ICH ES! MIT EINEM SCHWEISSBRENNER!«

»Wird gemacht, Chef. Alterslos. Schreib ich mir hinter die Ohren, gleich nachher. Aber nun erklären Sie mir doch bitte erst mal, wieso Sie mich gerufen haben, das klang ja durchaus beunruhigend. Sie sagten, Sie sterben gleich?«

»Ja. Vor Langeweile.«

»Langeweile?«

»Ja, mir ist ganz schrecklich langweilig. Mach was.«

»Aha. Verstehe. Sie haben also mal wieder maßlos übertrieben. An Langeweile ist noch niemand gestorben, Chef.«

»Ach ja? Ist das so? Interessant. Aber weißt du, woran schon ganz viele Leute gestorben sind? DARAN, DASS SIE DIE WÜNSCHE IHRES CHEFS NICHT BEFOLGT

HABEN! DAS IST STATISTISCH GESEHEN SOGAR EINE DER HÄUFIGSTEN TODESURSACHEN HIER UNTEN! DU KANNST DIR ALSO ÜBERLEGEN, OB DU TEIL DIESER STATISTIK WERDEN ODER MIR VIELLEICHT DOCH LIEBER DIE LANGE-WEILE VERTREIBEN WILLST! UND ZWAR JETZT GLEICH!«

»Alles klar, Chef. Kein Problem, Chef. Langeweile vertreiben. Eine meiner leichtesten Übungen. Waren Sie denn heute schon in Abteilung 1 und haben den Nazis und Rassisten beim Hautfarbewechseln zugeguckt? Das bereitet Ihnen doch immer sehr viel Spaß.«

»Ja, da war ich schon. Langweilig.«

»Sie könnten mit Fauxpas spazieren gehen. Auch ein Keinhorn braucht Auslauf und dann sehen Sie mal was anderes.«

»Hab ich heute Morgen schon gemacht. Drei Mal. Langweilig.«

»Oh, jetzt weiß ich's, Chef! Ich habe gestern ein neues Spiel auf Ihrem Schrei-Pad installiert! Damit wird Ihnen garantiert nicht so schnell langweilig!«

»Ein Computerspiel? Nein, das ist ganz sicher nichts für mich. Du weißt doch, wie sehr ich diesen neumodischen Kram verabscheue. Das ist mir alles viel zu kompliziert.«

»Ist es nicht. Das Spiel ist ganz einfach, ich habe es

extra für Sie entworfen, Chef. Moment, ich zeige es Ihnen.«

»Na gut, von mir aus. Aber wehe, ich gewinne nicht. Ich spiele nur Spiele, die ich gewinne.«

»Natürlich, Chef. Das weiß ich doch. Sie werden garantiert gewinnen. Sehen Sie, hier, Sie müssen nur mit dem kleinen Teufel vorwärtslaufen und über die Hindernisse springen, einfacher geht's gar nicht.«

»Hihi, das sieht in der Tat ganz witzig aus. Soll ich das sein?«

»Ja. Ich habe das Spiel sogar nach Ihnen benannt. Es heißt *Super Luzio.*«

»Klar, weil ich einfach super bin. Und wie springe ich jetzt?«

»Sie müssen den Pfeil da unten berühren. Und je länger Sie draufdrücken, desto höher und weiter springen Sie.«

»Hui! Ich kann aber hoch springen! Das ist … Oh, verdammt! Wo kam denn dieses blöde Loch plötzlich her! Wo bin ich denn jetzt? Ich kann mich nicht mehr sehen.«

»Äh … Sie sind tot, Chef. Aber keine Sorge, Sie haben noch zwei Leben.«

»WIE, ICH BIN TOT? DU SPINNST WOHL! ICH KANN NICHT TOT SEIN! ICH BIN UNSTERBLICH! DA SIND DREI LEBEN VIEL ZU WENIG! ICH WILL TAUSEND LEBEN! MINDESTENS!«

»Äh … ja, aber … wenn man nicht sterben kann, fehlt dem Spiel doch jede Herausforderung. Ich meine, man muss schließlich auch scheitern können, bevor man gewinnt. Sonst ist so ein Spiel doch absolut sinnlos.«

»ICH BIN DER FÜRST DER HÖLLE! ICH SCHEITERE NICHT! NIEMALS! UND SCHON GAR NICHT BEI SO EINEM ALBERNEN KINDERSPIEL! ICH WILL TAUSEND LEBEN! GIB MIR SOFORT TAUSEND LEBEN!«

»Äh … So schnell geht das leider nicht, Chef. Dafür muss ich das Spiel erst umprogrammieren.«

»DANN MACH DAS! UND ZWAR ZACKIG! UND WENN DU SCHON DABEI BIST, LASS GLEICH DIESE DÄMLICHE RUMHÜPFEREI WEG! DAS HÄLT NUR UNNÖTIG AUF!«

»Ja, aber … aber dann ist es doch kein Spiel mehr.

Dann gucken Sie einfach nur zu, wie der kleine Teufel ohne jedes Hindernis bis zum Ziel läuft.«

»NA UND? VIELLEICHT GEFÄLLT DAS DEM KLEINEN TEUFEL JA! VIELLEICHT GIBT ES JA SCHON GENUG HINDERNISSE IN SEINEM LEBEN! DA IST ER MAL FROH, WENN ER EINFACH NUR SO ANS ZIEL KOMMT! IST DOCH SCHWER GENUG, DAS LEBEN! DA KANN DOCH MAL WAS EINFACH SEIN ZUR ABWECHSLUNG! UND BAU WAS SCHÖNES AM ZIEL EIN! VIELLEICHT SIEHT ER DA JA SEINE FAMILIE WIEDER, DIE IHN ALLEINGELASSEN HAT! IRGENDWIE SO WAS! EIN HAPPY END! DIR FÄLLT SCHON WAS EIN! GIB DIR MÜHE!«

»Das mache ich, Chef. Sagen Sie, kann es sein, dass Sie Luzie doch viel mehr vermissen, als Sie es erwartet hätten?«

»WEN? LUZIE? VERMISSEN? ICH? WIE KOMMST DU DENN DARAUF?«

»Na ja, Sie sind irgendwie sehr … unausgeglichen, seit er bei seiner Großmutter in dieser Parallelwelt ist.«

»UNAUSGEGLICHEN? ICH? WEGEN LUZIE? DU TICKST WOHL NICHT GANZ RICHTIG! WIESO SOLLTE ICH IHN VERMISSEN? ER WAR DOCH VORHER AUCH SCHON NICHT HIER UNTEN BEI MIR!«

»Ich meinte auch nicht, dass Sie seine körperliche Anwesenheit vermissen. Das scheint mir doch eher eine emotionale Angelegenheit zu sein.«

»DAS WIRD JA IMMER BESSER! JETZT UNTERSTELLST DU MIR AUCH NOCH EMOTIONEN! GEHT'S NOCH?«

»Das war nicht böse gemeint, Chef. Es ist doch nicht schlimm, wenn Sie Ihren Sohn vermissen. Wir haben doch alle Gefühle, das ist …«

»GEFÜHLE? ICH KANN DIR GLEICH MAL ZEIGEN, WAS PASSIERT, WENN ICH GEFÜHLE KRIEGE! WENN ICH GEFÜHLE KRIEGE, MUSS ICH NÄMLICH IMMER GANZ EMOTIONAL JEMANDEM DEN KOPF ABREISSEN! UND ZWAR GENAU DEM, DER DEN GRÖSSTEN BLÖDSINN IM RAUM ERZÄHLT! WEISST DU, WER DAS JETZT GERADE IST?«

»Schon gut, schon gut, Chef. Ich hab's kapiert. Sie vermissen Luzie nicht und haben keine Gefühle. Dann gehe ich jetzt mal und programmiere das Spiel neu. Ohne Hindernisse. Mit Happy End.«

»MACH DAS! BEEIL DICH! MIR IST NÄMLICH IMMER NOCH LANGWEILIG!«

»Alles klar, Chef. Kein Problem, Chef. Ich beeile mich.«

»Das will ich hoffen. Und, Steven?«

»Ja, Chef?«

»Glaubst du, es geht ihm gut da drüben?«

»Luzie? Ja. Seine Oma wird schon auf ihn aufpassen. Außerdem klang das ja alles nach einer traumhaft schönen anderen Welt.«

»Eine Welt ohne Hölle, ja. Denkst du, er vermisst uns ein bisschen?«

»Ganz sicher. Die Hölle ist seine Heimat. Er denkt bestimmt jeden Tag an seinen Papa und kommt bald wieder zurück.«

In Harmonie

Eins steht fest: So schnell gehe ich nicht zurück in meine alte Welt. Vielleicht sogar nie. Es ist einfach zu schön hier.

»Bringst du mir bitte noch ein Croissant mit?«, ruft Gustav mir zu.

»Mir bitte auch!«, stimmt Lilly mit ein. »Und Marmelade! Erdbeer!«

»Kommt sofort!«, rufe ich zurück. »Sonst noch jemand irgendwas?«

»Cornibus auch Krossang! Zehn! Und auch Erdbeer! Und Bimbeer! Und Frohnig! Und Schlotzolade!«

»Schon wieder?«, erwidere ich. »Das habe ich dir doch alles vorhin schon mal mitgebracht. Hast du das ganze Zeug etwa schon aufgemampft? Du solltest dich lieber ein bisschen zurückhalten! Wenn du so weitermachst, platzt du noch!«

»Cornibus nicht platzen! Cornibus gute Verkauung!«

»Verdauung«, verbessere ich ihn. »Das heißt Verdauung, Cornibus.«

Und so gut kann die in dieser Welt nicht sein, wenn ich ihn mir so angucke. Wir sind zwar erst knapp eine Woche hier, aber Cornibus sieht bereits deutlich dicker aus als sonst. Was allerdings kein Wunder ist – alles, was es hier zu essen gibt, ist einfach saulecker. Und es gibt Unmengen davon, zu jeder Tageszeit.

Jetzt sitzen wir zum Beispiel gerade beim Frühstück in St. Fidibus. Anders als in unserer Welt frühstückt man hier aber nicht im muffigen Essenssaal, sondern draußen im wunderschönen Schulgarten zwischen unzähligen Blumen und Palmen. Hier wird grundsätzlich nur draußen gegessen, weil immer Sommer ist, und zwar in der gesamten Welt, nicht nur in St. Fidibus. Das hat Oma uns erklärt, als sie uns ihre Welt gezeigt hat. Sie hat eine ganz besondere Planetenkonstellation erschaffen, mit zwei Sonnen. Und damit es trotzdem Tag und Nacht gibt, hat sie noch zwei große Monde gebastelt, die irgendwie dazwischen rumkreisen.

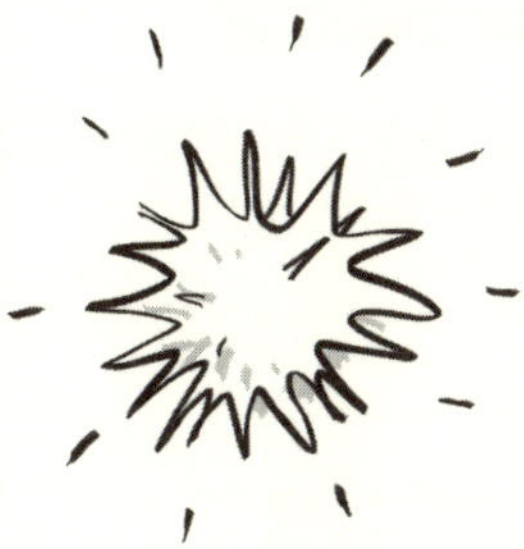

Genau verstanden habe ich das alles nicht, aber Aaron hat gesagt, es wäre brillant, also wird es wohl so sein.

Die letzten fünf Tage waren wir mit Oma auf einer kleinen Weltreise. Wir haben alle fünf Kontinente besucht und überall war es atemberaubend schön. Es gibt keine Länder oder Grenzen in dieser Welt und alle sprechen dieselbe Sprache. Egal, wo wir hinkamen, wir wurden überall äußerst liebenswürdig empfangen. Und das lag nicht daran, dass Oma dabei war. Die Menschen hier wissen gar nicht, dass sie für alles verantwortlich ist. Das will Oma nicht. Sie sagt, die Menschen sollen für sich selbst verantwortlich sein, jeder für sich, aber auch für die anderen. Dann würden sich alle gegenseitig helfen und nicht immer darauf warten, dass eine höhere Macht sich um alles kümmert. Und das funktioniert super. Alle, die wir unterwegs getroffen haben, waren total hilfsbereit. Und lieb. Und freundlich. Das haben alle gesagt, nicht nur ich. Ich meine, ich war ja in unserer Welt noch nicht so lang unterwegs und weiß noch nicht ganz so viel über Menschen, aber selbst Aaron und Gustav waren überrascht und konnten kaum fassen, wie nett hier alle sind. Wirklich alle, jeder Einzelne, da war kein einziger Stinkstiefel dabei. So nennen wir bei uns in der Hölle die Schlechte-Laune-Verbreiter aus Abteilung 62. Die kriegen als Strafe einen Lachsack über den Kopf gezogen, der ihnen unaufhörlich mit 666 Dezibel die

Ohren volldröhnt. Hier in Omas Welt muss niemand bestraft werden, weil niemand böse ist. Es gibt noch nicht einmal Rassisten, das sind ja die Schlimmsten bei uns, deshalb sitzen sie auch in Abteilung 1. Oma hat das hier ganz einfach verhindert. Jeder kommt mit einer anderen Hautfarbe zur Welt und die wird ganz zufällig ausgewählt, niemand kennt sie vorher. Die einzige Regelmäßigkeit besteht darin, dass Geschwister nie dieselbe Hautfarbe haben, noch nicht einmal Zwillinge. Wir haben in Australien eine Großfamilie getroffen, bei der alle Kinder unterschiedlich aussahen. Schwarz, weiß, gelb, braun, rot, da war alles dabei, eines der Mädchen war sogar leicht grünlich, das habe ich bei uns noch nie gesehen. Egal, wo man hinkommt, überall wird man von einer wundervoll bunten Menge empfangen, das ist ein sehr schönes Gefühl und sorgt automatisch für gute Laune. Wobei hier eigentlich alles für gute Laune sorgt, wir können uns vor guter Laune gar nicht retten.

Ich gehe mit meinem Tablett voller Köstlichkeiten zurück zu den anderen und stelle es auf dem Tisch ab. Cornibus verwandelt sich sofort in einen Oktopus und stopft mit allen acht Armen Leckereien in sich hinein. Die anderen greifen auch zu.

»Oh Mann!«, sagt Aaron mit vollgestopften Backen. »Ihr könnt euch gar nicht vorstellen, wie toll daf ift, wenn man allef effen kann, ohne Angft vor Allergien

haben zu müffen. Diefer Honig schmeckt einfach fantastisch!«

Gustav sieht ihn abwartend an.

»Waf ift?«, fragt Aaron. »Ift mein Mund verschmiert?«

»Was? Nein«, antwortet Gustav lachend. »Ich habe mich nur immer noch nicht richtig dran gewöhnt, dass du die letzten Worte nicht mehr wiederholst. Das ist echt großartig.«

Oh ja, das ist es. Und das ist so, seit wir hier angekommen sind. Zuerst ist es uns gar nicht aufgefallen, weil wir viel zu aufgeregt waren. Selbst Aaron hat erst bei seinem dritten oder vierten Satz gemerkt, dass er die letzten Worte nicht mehr wiederholt. Und nicht nur das, alle seine anderen Ticks sind ebenfalls verschwunden. Einfach so. Oma hat gesagt, das liegt an der guten Atmosphäre ihrer Welt. Hier hätte niemand Ticks und Allergien, weil die Natur gesund sei. Sie achtet sehr darauf, dass es nicht nur den Menschen, sondern auch allen Tieren und Pflanzen gut geht, damit alles in Harmonie existieren kann und sich nicht gegenseitig krank macht. Ich wusste gar nicht, was das ist, Harmonie, dieses Wort hatte ich bei uns in der Hölle noch nie gehört, das musste mir Lilly erst mal erklären. Gefällt mir aber sehr gut, diese Harmonie, davon könnte es bei uns zu Hause gern mehr geben.

»Ja«, sagt Aaron. »Und das spart auch jede Menge Zeit, wenn man keine Ticks mehr hat. Bei uns zu Hause musste ich immer sieben Mal mein Bett machen, bevor ich das Zimmer verlassen konnte. Hier kann ich einfach länger schlafen, das ist viel angenehmer.«

»Apropos Zeit«, sagt Lilly. »Müssten wir nicht so langsam mal in den Unterricht?«

Ach so, stimmt ja, das hatte ich schon völlig verdrängt, heute gehen wir zum ersten Mal in die Schule hier. Meine Lust darauf hält sich in Grenzen. Egal in welcher Welt, Schule ist bestimmt überall gleich nervig. Und mir fallen spontan mindestens hundert Sachen ein, die ich jetzt lieber machen würde. Mir noch so ein leckeres Croissant holen zum Beispiel.

»Och, müssen wir da wirklich hin?«, frage ich deshalb lustlos. »Es ist doch so schön hier draußen.«

»Wir *müssen* nicht, hat Oma gesagt«, antwortet Lilly. »Jeder kann selbst entscheiden, ob er in den Unterricht geht. Aber bist du denn gar nicht neugierig, wie das hier so ist? Ich möchte mir das schon gern mal angucken.«

»Ich mir auch«, sagt Aaron. »Ich würde gern wissen, ob ich hier auch so gute Noten kriege wie bei uns.«

»Wenn ich das richtig verstanden habe, gibt es hier gar keine Noten«, sagt Gustav. »Weil alle gleich schlau sind. Und sitzen bleiben kann man auch nicht.«

»Immerhin etwas«, sage ich seufzend. »Dann muss ich mir darüber schon mal keine Sorgen mehr machen. Oma hat ja auch gesagt, dass einem das Lernen hier viel leichter fällt. Und wenn ihr alle zum Unterricht wollt, komme ich eben mit. Wann genau geht's denn los?«

»Wenn alle fertig gefrühstückt haben, glaube ich«, sagt Lilly.

Ich sehe mich um. Wir sind die Letzten, die noch hier draußen sitzen und frühstücken.

»Das heißt, die warten da drin alle auf uns?«, frage ich.

»Keine Ahnung«, sagt Lilly und zuckt mit den Schultern. »Lasst es uns rausfinden.«

Wir stehen alle auf, nur Cornibus bleibt mampfend auf dem Tisch sitzen.

»Cornibus auch Bunterricht?«, fragt er.

»Unterricht«, verbessere ich ihn. »Und ja, wenn du willst, kannst du gern mitkommen. Hier musst du dich ja nicht verstecken. Vielleicht kannst du ja sogar noch etwas lernen.«

»Cornibus lernen und Krossang essen?«

»Das weiß ich nicht«, antworte ich lachend. »Bei uns zu Hause darf man im Unterricht nicht essen. Du kannst es aber gern versuchen.«

»Dann Cornibus mitkommen. Aber erst verwandeln.«

Cornibus verwandelt sich. Normalerweise ist dieser Vorgang nach einem Augenzwinkern beendet, aber diesmal dauert es irgendwie länger als sonst. Man kann richtig dabei zugucken, wie sich seine Form langsam verändert. Er ächzt und keucht sogar ein bisschen dabei. Als er fertig ist, steht ein ziemlich dickes Känguru vor uns. Es hüpft schwerfällig an uns vorbei zum Frühstücksbuffet und stopft sich den Beutel mit Croissants voll.

»Wirst du eigentlich nie satt, Cornibus?«, fragt Gustav verwundert.

»Doch, Cornibus oft satt. Aber nur ganz kurz. Dann wieder Hunger.«

»Das stelle ich mir sehr anstrengend vor«, sagt Aaron.

»Gar nicht anmengend. Cornibus gern essen. Essen lecker.«

»Das heißt anstrengend«, verbessere ich ihn. »Das Wort anmengend gibt es nicht.«

»Jetzt schon«, sagt Lilly kichernd. »Guck ihn dir doch an. Er sammelt jede Menge Essen an. In seinem Bauch. Das ist ganz schön anmengend.«

»Stimmt«, sagt Gustav. »Du solltest aufpassen, Cornibus. Wer Unmengen anmengt, wird nämlich schnell zur Übermenge.«

»Cornibus nie genug Menge. Menge lecker. Besonders Menge Schlotzolade.«

Er stopft noch einen kompletten Schokoladenkuchen in seinen Beutel und hüpft träge hinter uns her in Richtung Schulgebäude.

Ampel anschreien

»Einen wunderschönen guten Morgen, liebe Schülerinnen und Schüler!«, begrüßt uns der Holzapfel fröhlich.

Wobei, das ist ja nicht *der* Holzapfel, das ist *ein* Holzapfel, nämlich der Holzapfel *dieser* Welt. Er sieht unserem Holzapfel schon sehr ähnlich, hat aber längere Haare. Und mehr Haare. Viel mehr Haare, vor allem auf dem Kopf, da hat unser Holzapfel nämlich fast gar keine mehr. Angezogen ist dieser hier ähnlich, er trägt nur keine Mütze, wahrscheinlich, weil er ja stattdessen Haare hat. Der größte Unterschied zu unserem Holzapfel besteht aber darin, dass dieser hier total freundlich

ist und die ganze Zeit lächelt. Das passiert unserem nur äußerst selten, der guckt meistens entweder verschlafen oder mürrisch.

»Einen wunderschönen guten Morgen, lieber Fabian!«, grüßen alle außer uns im Chor zurück.

Fabian? Die duzen hier den Lehrer? Sehr seltsam. Wobei, jetzt, wo ich darüber nachdenke, als wir mit Oma auf Weltreise waren, wurde überall nur geduzt. Ich glaube, ich habe in der Zeit kein einziges Sie gehört. Vielleicht gibt es das mit dem Siezen ja hier überhaupt nicht? Das fände ich ziemlich praktisch. Diese Siezerei geht mir nämlich schon immer auf die Nerven, weil ich nie genau weiß, wen ich gerade siezen muss oder duzen darf. Wenn es aber nur eine der beiden Möglichkeiten gibt, vereinfacht das natürlich jedes Gespräch, das ist super. Fabian. Ob unser Holzapfel auch so heißt? Er hat uns seinen Vornamen noch nie verraten. Heißen hier eigentlich alle genauso wie bei uns? Muss ich Oma mal fragen, wenn wir sie das nächste Mal sehen.

»Heute ist ein besonderer Tag«, sagt der Holzapfel. »Wie ihr vielleicht schon bemerkt habt, sitzen in der letzten Reihe ein paar Neuankömmlinge. Bitte begrüßt sie recht freundlich.«

»Einen wunderschönen guten Morgen, ihr Lieben!«, rufen uns alle im Chor zu.

Wir sehen uns gegenseitig an, weil wir nicht genau

wissen, wie wir reagieren sollen, dann winken wir einfach kurz und lächeln verlegen.

»Das sind Luzie, Lilly, Aaron und Gustav«, erklärt der Holzapfel. »Wie das Känguru heißt, habe ich leider vergessen.«

»Cornibus. Känguru Cornibus.«

»Cornibus, genau«, sagt der Holzapfel. »Er und seine Freunde sind auf unbestimmte Zeit als Gäste bei uns. Sie kommen von sehr weit her, aus einer anderen Welt. Sie kennen sich bei uns noch nicht so gut aus, aber ich bin mir sicher, ihr werdet ihnen gern helfen, sich hier schnell einzugewöhnen. Und um ihnen den Einstieg in unseren Unterricht zu erleichtern, lassen wir sie gleich mal entscheiden, was wir heute machen. Also, ihr Lieben, wozu hättet ihr denn Lust?«

Wir sehen uns fragend an, weil wir nicht verstehen, was der Holzapfel von uns will.

»Was würdet ihr denn am Montagmorgen an eurer Schule jetzt machen?«, hakt er nach.

»Wir hätten jetzt Geschichte«, sagt Aaron.

»Ah ja, Geschichte, davon habe ich gehört«, sagt der Holzapfel. »Das ist die Aufarbeitung wichtiger vergangener Ereignisse. In unserer Welt gibt es so was nicht. Hier passiert nie irgendetwas Schlimmes. Es gibt keine Politiker und keine Länder, dementsprechend werden auch keine Kriege geführt, mit denen man sich im Nachhinein beschäftigen müsste. Erwähnenswerte Naturkatastrophen gibt es bei uns auch nicht, mit Geschichte kann ich euch also leider nicht dienen. Worüber ich allerdings sehr froh bin, denn das klingt als Unterrichtsfach ziemlich langweilig.«

Da hat er absolut recht, in Geschichte schlafe ich bei uns regelmäßig ein. Guter Mann.

»Was lernt ihr denn sonst noch so bei euch in der Schule?«, fragt der Holzapfel. »Was macht euch denn Spaß?«

Ich denke angestrengt darüber nach. Es gibt Fächer, die ich weniger schlimm als andere finde, aber dass mir irgendetwas Spaß machen würde, wäre stark übertrieben.

»Mathematik«, sagt Aaron. »Mir macht Mathematik Spaß.«

Oh nein. Bloß nicht das. Ich hasse Mathematik. Die kapiere ich nämlich nicht.

»Ihr lernt in eurem Alter noch Mathematik?«, erwidert der Holzapfel verwundert. »Das wird bei uns nur in den ersten zwei Schuljahren unterrichtet. Da lernt man die Grundrechenarten, das genügt völlig. Für alles, was darüber hinausgeht, haben wir schließlich KIWA.«

Kiwa? Komischer Name. Wer soll das denn sein? Vielleicht eins der Mädchen? Daran muss ich mich auch noch gewöhnen, dass hier ungefähr die Hälfte der Schülerschaft aus Mädchen besteht. Also, nicht, dass ich das irgendwie blöd finde, ich finde es sogar ziemlich gut, Mädchen sind irgendwie spannend, es ist eben nur ungewohnt. Bleibt nur die Frage, welche davon diese Kiwa und warum sie so gut in Mathe ist.

»Ich sehe an euren Gesichtern, dass ihr KIWA offenbar noch nicht kennengelernt habt«, sagt der Holzapfel. »Wer möchte unseren Gästen erklären, was es mit KIWA auf sich hat? Ja, Sophia?«

Ein Mädchen in der Reihe vor uns hat sich gemeldet, sie dreht sich um.

»KIWA ist die Abkürzung für Künstliche Intelligenz Weiß Alles«, erklärt sie. »Und genauso ist es auch. Wenn ihr irgendetwas nicht wisst, müsst ihr nur KIWA fragen. Das gilt für mathematische, physikalische und andere wissenschaftliche Fragen, aber KIWA kann euch auch einen Witz erzählen, wenn ihr das möchtet.«

»Verstehe«, sagt Aaron. »Kiwa ist also so etwas wie ein Computer-Assistenzsystem? Interessant. So etwas gibt es bei uns auch.«

»KIWA ist viel mehr«, sagt der Holzapfel. »Sie steuert die gesamte Technik unserer Welt. Unsere Stromversorgung, die Kommunikationstechnik, das öffentliche Transportsystem, alles ist mit KIWA verbunden. Sie nimmt uns sehr viele lästige Arbeiten ab, damit wir uns auf das Wesentliche konzentrieren können. Wir alle lieben KIWA sehr. Und das sagen wir ihr auch regelmäßig. Nicht wahr, ihr Lieben?«

»KIWA, wir lieben dich!«, rufen alle im Chor. »Danke, dass es dich gibt!«

»Danke, ihr Lieben!«, ertönt plötzlich eine weibliche Stimme von irgendwoher. »Ich liebe euch auch! Wollt ihr mit dem Unterricht beginnen?«

Oh, die klingt aber sehr nett, diese Kiwa.

»Ja, gern«, sagt der Holzapfel.

Im nächsten Augenblick rotieren die Platten unserer Tische einmal um die eigene Achse und wir haben statt einer Holzoberfläche einen großen Computer-Bildschirm vor uns.

»Wow!«, sagt Gustav. »Wie cool ist das denn?!«

Allerdings, das ist ziemlich beeindruckend. Das würde Steven sehr gefallen.

»Vielen Dank, KIWA«, sagt der Holzapfel. »Bleibt nur noch die Frage, was ihr denn heute machen wollt.«

Er sieht uns abwartend an.

»Essen«, sagt das Känguru neben uns. »Cornibus mehr essen will.«

»Das ist gar kein Problem«, sagt der Holzapfel. »Du musst nur KIWA sagen, was du gerne hättest, dann findest du es eine Sekunde später in deiner Schublade.«

»Cornibus Hunger! Essen! Alles!«, schießt es aus dem Känguru heraus.

Cornibus öffnet seine Schublade, sie ist leer.

»Du musst KIWA direkt ansprechen«, erklärt der Holzapfel. »Sonst funktioniert es nicht. Und dein Wunsch muss sich auf ein bestimmtes Nahrungsmittel beschränken.«

»Kiba! Cornibus Schlotzolade!«

Wieder passiert nichts, Kiwa bleibt stumm und die Schublade ist immer noch leer.

»Kiwa«, verbessert Aaron Cornibus. »Sie heißt Kiwa, mit w. Wahrscheinlich muss man da sehr genau sein, sonst reagiert sie nicht.«

»Das hast du richtig erfasst«, sagt der Holzapfel.

»Kiwa! Schlotzolade!«, ruft Cornibus.

»Es tut mir leid«, ertönt die Stimme. »Ich kann deine Anfrage nicht bearbeiten. Der Begriff Schlotzolade befindet sich nicht in meiner Datenbank.«

»Krakenbank Cornibus egal! Schlotzolade! Schlupflade! Jetzt!«

»Es tut mir leid«, sagt Kiwa. »Dieser Sprachfehler ist mir nicht bekannt. Mein Lernprozessor kann ihn nicht verarbeiten. Ich brauche mehr Beispiele.«

Cornibus verwandelt sich zurück in seine ursprüngliche Form und hüpft zeternd auf dem Tisch auf und ab.

»Kiba selbst Sprachquäler! Kernpofessor blöd! Cornibus Schlotzolade! Sonst Bunterricht kaputt!«

»Es tut mir leid«, sagt Kiwa. »Diese Sprachgestaltung folgt keiner

Logik. Ich kann sie nicht entschlüsseln. Bitte den Knoten aus der Zunge entfernen.«

»CORNIBUS SCHLOTZOLADE!«, schreit er und sein ganzer Körper zittert dabei vor Anspannung. »SCHLOTZ! O! LA! DE! NICHT SCHWER! GANZ KLEINFACH! SCHLOTZ! O! LA! DE!«

Ich überlege kurz, ob ich die Schokolade für ihn bestellen soll, entscheide mich aber dagegen. Vielleicht ist es ganz gut, dass Kiwa ihn nicht versteht, sonst würde er sich wahrscheinlich pausenlos Sachen bei ihr bestellen und irgendwann tatsächlich platzen – das möchte ich gern vermeiden.

»Komm, lass gut sein, Cornibus«, sage ich stattdessen und streichle ihm vorsichtig über den Kopf. »Sie meint es ja nicht böse, sie versteht dich bloß nicht. Du kriegst nachher wieder Schokolade.«

Das Streicheln beruhigt ihn langsam, er hört auf zu zittern.

»Kiba nicht nett«, grummelt er. »Kiba böse. Cornibus Kiba nicht mögen.«

»Ach, das darfst du nicht persönlich nehmen«, erwidere ich. »Das ist doch nur eine Maschine. Und sich über Maschinen aufzuregen, bringt nichts, die merken das nicht einmal. Da könntest du genauso gut eine Ampel anschreien.«

»Cornibus mag Pampel. Pampel nicht anschreien. Pampel schön rot. Aber nicht immer.«

»Das stimmt, Cornibus«, sage ich und streichle ihn weiter. »Komm, verwandle dich in eine Katze und setz dich auf meinen Schoß, das magst du doch sehr.«

Cornibus grummelt noch kurz und verwandelt sich dann in eine Katze. In eine ziemlich dicke Katze, die schwerfällig auf meinem Schoß Platz nimmt.

»Prima, dann ist das ja geregelt«, sagt der Holzapfel. »Nun müssen wir nur noch entscheiden, womit wir uns heute beschäftigen wollen.«

»Darf ich einen Vorschlag machen?«, fragt Kiwa.

»Natürlich, gern«, antwortet der Holzapfel.

»Wie wäre es mit einer Zeichenstunde?«, sagt Kiwa. »Ich habe lang keine schönen Bilder mehr von euch erhalten.«

»Stimmt, wir haben lang nicht mehr gezeichnet«, stellt der Holzapfel fest und wendet sich an uns. »Aber wir wollten ja unsere Gäste entscheiden lassen. Wie sieht es aus? Wäre das in Ordnung für euch? Habt ihr Lust zu zeichnen?«

Zeichnen? In der Schule? Einfach so? Das gibt es bei uns in St. Fidibus nicht als Fach. Wir haben Kunst, aber da müssen wir nur immer komische Skulpturen basteln oder Bilder aus Zeitschriften zusammenkleben, das macht mir überhaupt keinen Spaß. Macht mir Zeichnen Spaß? Früher habe ich ganz gern rumgekritzelt, bei uns unten an den Wänden. Papa kann ganz gut zeichnen, er hat mir mal ein paar Bilder aus seiner Jugend gezeigt. Vielleicht habe ich ja etwas von diesem Talent geerbt? Einen Versuch ist es wert. Und besser als Mathe oder jedes andere Schulfach ist es auf jeden Fall.

Ich schaue zu den anderen herüber, sie zucken mit den Schultern.

»Nix dagegen«, sagt Lilly.

»Ich habe noch nie gezeichnet«, sagt Aaron. »Meine Interessen liegen eher auf wissenschaftlichem Gebiet. Aber man soll ja alles einmal ausprobieren.«

»Ich kann aber nicht zeichnen«, sagt Gustav. »Das sieht bei mir immer so aus, als würde ich mit den Füßen malen. Ich bin wahrscheinlich der schlechteste Zeichner der Welt. Also, *jeder* Welt.«

»Bei uns gibt es kein Gut oder Schlecht«, sagt der Holzapfel. »Es geht nur darum, dass du zeichnest und Spaß daran hast. Jeder kann zeichnen. Und alles, was dabei entsteht, ist schön. Du kannst also nichts falsch machen.«

»Na gut«, sagt Gustav. »Dann versuche ich es gern mal.«

»Sehr schön, das ist die richtige Einstellung«, sagt der Holzapfel lächelnd. »Dann legt mal los. Ich freue mich schon sehr auf eure Bilder.«

»Äh … Aber womit sollen wir denn zeichnen?«, fragt Lilly. »Und worauf? Wir haben keine Stifte und kein Papier.«

»Ach so, ja, natürlich, Entschuldigung«, sagt der Holzapfel. »Ihr kennt euch ja hier noch nicht aus. Wir zeichnen direkt auf den Tischen. Eure Stifte sind in den Schubladen. KIWA, bist du so lieb und öffnest das Zeichenprogramm?«

»Sehr gern, Fabian«, erklingt Kiwas Stimme.

Im nächsten Moment ändert sich die Anzeige auf den Bildschirmen vor uns. Eine weiße Fläche erscheint, umrandet von unzähligen Symbolen.

»Das Programm erklärt sich von selbst«, sagt der Holzapfel. »Falls ihr etwas nicht versteht, zeigen euch die anderen bestimmt sehr gern, wie alles funktioniert.«

»Und was genau sollen wir zeichnen?«, fragt Aaron. »Etwas Gegenständliches? Ein Objekt? Oder eine Person?«

»Du kannst alles zeichnen, was du möchtest«, antwortet der Holzapfel. »Nimm einfach das, was dir als Erstes einfällt.«

Ah, gut zu wissen. Mal überlegen. Was könnte ich denn zeichnen? Ich greife in meine Schublade und ziehe etwas heraus, das aussieht wie ein Stift. Als ich damit über den Tisch fahre, entsteht ein schwarzer Strich auf der weißen Fläche. Cool, das ist ja wirklich ganz einfach.

»Und wie lösche ich das jetzt wieder?«, frage ich leise vor mich hin.

Eines der Symbole fängt an zu blinken. Ich tippe mit dem Stift darauf, der Strich verschwindet. Perfekt, das erklärt sich ja wirklich von selbst. Bleibt nur die Frage, was ich jetzt zeichnen soll. Cornibus vielleicht? Dann hätte ich immerhin eine Vorlage. Er ist mittlerweile auf meinem Schoß eingeschlafen und schnarcht leise vor sich hin. Um ihn zu zeichnen, müsste ich ihn bewegen, damit ich ihn von vorne sehe. Nein, ich lasse ihn lieber schlafen. Wenn er schläft, hat er keinen Hunger und stopft sich nicht mit Essen voll. Aber was dann? Etwas Lustiges vielleicht? Oh, genau, jetzt weiß ich, was ich zeichne!

Eine halbe Stunde später ist mein Bild fertig. Ich betrachte es und bin ein bisschen stolz auf mich. Man kann alles erkennen und lustig ist es auch. Ich tippe Lilly an und zeige auf das Bild. Sie schaut herüber und fängt an zu kichern.

»Das ist super«, sagt sie. »Du hast ja echt Talent zum Zeichnen.«

»Ah, ich glaube, da hinten ist jemand schon fertig«, sagt der Holzapfel mit Blick auf mich. »Vielleicht dürfen wir uns das Ergebnis alle mal ansehen?«

»Klar, gern«, antworte ich.

»KIWA, zeigst du uns das Bild von Luzie bitte auf der digitalen Tafel?«, fragt der Holzapfel.

Im nächsten Augenblick erscheint meine Zeichnung riesengroß vorne auf der Tafel. Ein erstauntes Raunen geht durch die Klasse.

»Äh … ja … das ist … interessant. Magst du uns vielleicht erläutern, was genau wir da sehen?«, fragt der Holzapfel.

»Gern«, sage ich. »Das ist mein Papa, wie er den Ewiggestrigen in Abteilung 49 die Köpfe abreißt.«

»Ah ja«, sagt der Holzapfel und kratzt sich am Hinterkopf. »Und warum macht er das?«

»Na, das ist die Bestrafungsmaßnahme für Abteilung 49. Das muss so gemacht werden, steht in den Vorschriften. Meistens macht das einer unserer Vollzugsdämonen, aber ab und zu übernimmt Papa das gern selbst, weil es ihm so viel Spaß macht.«

Oh, ist das toll! Ich merke gerade, wie gut es mir tut, dass ich frei erzählen kann, was bei mir zu Hause so passiert. Bei uns in der Schule darf ich das nie, weil ja niemand wissen soll, wer ich wirklich bin.

»Ja, aber … Wofür werden denn diese armen Menschen so drastisch bestraft?«, möchte der Holzapfel wissen.

»Weil sie immer nur rückwärts schauen und ständig behaupten, dass früher alles besser war, was ja nicht stimmt. Sie sind immer nur am Meckern und stehen dem Fortschritt im Weg, das nervt.«

»Und dafür reißt man ihnen die Köpfe ab?«, fragt der Holzapfel staunend.

»Ja«, sage ich. »Aber nur ganz kurz. Danach werden sie sofort wieder draufgesetzt, nur andersrum. Und dann müssen sie mit dem Kopf nach hinten ein enges Labyrinth aus spitzen Metallstacheln durchqueren, wobei ihre Beine sich aber nur vorwärts bewegen können. Das wollte ich auch noch zeichnen, aber dafür war kein Platz mehr.«

»Ja, aber dann sehen sie doch nicht, wo sie hinlaufen, und fügen sich schwere Verletzungen zu«, sagt der Holzapfel.

»Genau«, sage ich grinsend. »Das ist genial, oder? Die Idee stammt von meinem Onkel Gabriel. Sie ist effektiv und spart dazu noch jede Menge Geld.«

Sophia dreht sich zu mir um.

»Was ist Geld?«, fragt sie.

»Äh … na ja, Geld ist … Geld«, sage ich verwirrt. »Das Zeug, womit man sich Sachen kaufen kann. Essen, Klamotten, Spielzeug, Technikkram, alles Mögliche. Wenn man etwas haben will, muss man Geld dafür bezahlen.«

»Bei uns nicht«, sagt Sophia.

»Ja, aber wie kriegt ihr denn sonst eure Sachen?«, fragt Lilly verwundert. »Das viele Essen zum Beispiel, das muss doch irgendjemand bezahlen.«

»Alles, was wir an Nahrung brauchen, stellt uns die Natur zur Verfügung«, sagt der Holzapfel. »Und für den Rest sorgt KIWA.«

»Dann muss hier überhaupt niemand arbeiten, um Geld zu verdienen?«, fragt Gustav erstaunt.

»Doch, wir arbeiten schon«, antwortet der Holzapfel. »Aber nicht, weil wir es müssen, sondern weil wir es wollen. Zum Wohle der Weltheit.«

Was, echt? Hier muss niemand arbeiten? Das würde Papa gefallen. Er beschwert sich ja ständig über die viele

Arbeit in der Hölle. Hut ab, Oma. Das nenne ich mal eine sehr gelungene Welt. Hier ist offenbar alles perfekt durchdacht und viel besser als bei uns zu Hause.

»Aber, um noch mal auf dein Bild zurückzukommen, Luzie«, sagt der Holzapfel. »Bitte verstehe mich nicht falsch, ich möchte es nicht kritisieren, hier bei uns wird nie etwas Kreatives kritisiert, darum geht es nicht. Ich finde nur das Motiv etwas … verstörend. In unserer Welt gibt es solche Gewaltexzesse nicht. Vielleicht möchtest du das Ganze noch einmal irgendwie netter zeichnen?«

»Das kann ich gern versuchen«, sage ich. »Aber wie soll man denn nett zeichnen, wie jemandem der Kopf abgerissen wird?«

»Das ist natürlich schwierig«, sagt der Holzapfel. »Aber vielleicht könntest du ja auf das Kopfabreißen verzichten und eine liebevollere Szene darstellen?«

»Oh, das wird aber schwer«, sage ich. »Mein Vater ist nämlich überhaupt nicht liebevoll. Er ist durch und durch böse.«

»Dann lass doch einfach deiner Fantasie freien Lauf«, schlägt der Holzapfel vor. »Schließe die Augen und stell dir vor, dein Vater wäre der liebevollste Mann eurer Welt.«

Lilly und ich sehen uns an und prusten im nächsten Moment beide laut los.

»Tut … tut mir leid!«, sage ich lachend. »Sich meinen Vater als liebevoll vorzustellen ist einfach unmöglich! Da hilft die größte Fantasie nichts!«

»Darf ich es einmal versuchen?«, erklingt Kiwas Stimme. »Ich würde den ursprünglichen Entwurf selbstverständlich vorher speichern.«

Diese Kiwa kann sogar zeichnen? Da bin ich ja mal gespannt.

»Ja gern, mach ruhig«, sage ich.

Die Linien in meinem Bild an der Tafel lösen sich teilweise auf, neue kommen dazu. Eine Zeit lang scheinen alle Striche zu tanzen, es geht hin und her und hoch und runter, bis sich alles neu zusammengesetzt hat. Als Kiwa fertig ist, sehen Lilly und ich uns wieder an – und müssen noch lauter lachen als vorher. Auf dem Bild

ist mein Vater in einem schicken Anzug zu sehen. Er kniet vor einem der Ewiggestrigen und streckt ihm einen großen Blumenstrauß entgegen. Um die beiden herum sind unzählige Schmetterlinge und unterschiedlich große Herzen zu sehen. Auf so etwas wäre ich im Leben nicht gekommen, das sieht einfach zu bescheuert aus und ist so absurd, dass ich kaum noch Luft kriege vor Lachen.

»Das … das ist großartig!«, japse ich. »Das … das muss ich unbedingt meinem Vater zeigen, wenn wir zurück sind! Gibt es eine Möglichkeit, dass ich das irgendwie mitnehmen kann?«

»Danke, freut mich, dass es dir gefällt«, sagt Kiwa. »Ich erstelle sofort eine Druckversion für dich.«

Mein Tisch fängt an zu surren und ein Blatt Papier kommt aus einem Schlitz an der Seite. Ich zeige es Lilly und wir müssen schon wieder lachen. Als wir uns endlich wieder beruhigt haben, ertönt die Schulglocke.

»Wie jetzt?«, wundert sich Gustav. »Ist schon Pause? Wir sind doch noch gar nicht lang hier.«

»Pause?«, erwidert der Holzapfel. »Nein, eine Pause gibt es bei uns nicht. Der Unterricht ist für heute beendet. Morgen könnten wir mal wieder zusammen trommeln, wenn ihr Lust habt. Ich wünsche euch noch einen schönen und liebevollen Tag.«

»Vielen Dank für den wunderbaren Unterricht, Fabian!«, rufen alle im Chor. »Dir auch noch einen schönen und liebevollen Tag!«

Aaron streckt seinen Finger in die Luft.

»Ja, Aaron, hast du noch eine Frage?«, wendet sich der Holzapfel an ihn.

»Ja«, sagt Aaron. »Kriegen wir denn keine Hausaufgaben?«

»Spinnst du?«, zische ich ihn an. »Das hat er wahrscheinlich vergessen, ist doch super.«

»Hausaufgaben?«, erwidert der Holzapfel verwundert. »Tut mir leid, diesen Begriff habe ich noch nie gehört. Was ist das denn?«

»Das sind Schulaufgaben, die man nachmittags zu Hause erledigt«, erklärt Aaron. »Anhand der Hausaufgaben können Lehrer überprüfen, ob man den Unterrichtsstoff morgens in der Schule auch verstanden hat.«

»Aha, interessant«, sagt der Holzapfel. »Aber irgendwie überflüssig, oder? Hier bei uns geht man nicht in die Schule, um Sachen zu lernen. Ihr seid hier, um eure Begabungen zu entdecken und herauszufinden, was euch am meisten Freude bereitet. Wenn euch der Unterricht heute Spaß gemacht hat, könnt ihr natürlich gern in eurer Freizeit weiterzeichnen, aber ihr *müsst* nicht.«

»Also, mir hat das heute erstaunlich viel Spaß gemacht«, sagt Gustav. »Ich wusste gar nicht, dass ich so gern zeichne.«

»Das freut mich sehr«, sagt der Holzapfel. »Dann hat mein Unterricht seinen Sinn absolut erfüllt. Und vielleicht entdeckst du ja morgen noch ein anderes verborgenes Talent.«

»Das wäre super«, sagt Gustav. »Ich bin jetzt schon ganz gespannt auf morgen.«

Ich auch. Wobei ich das alles immer noch nicht so richtig glauben kann. Diese Schule hier ist einfach zu gut, um wahr zu sein. Keine langweiligen Fächer, nur eine Stunde pro Tag, keine Noten, keine Hausaufgaben, und wenn man mal etwas nicht weiß, fragt man einfach diese Kiwa – wenn das so weitergeht, könnte es sogar passieren, dass ich mich in Zukunft jeden Morgen auf die Schule freue.

Raketenantrieb

»Und was machen wir jetzt?«, fragt Gustav, als wir den Klassenraum verlassen.

Eine sehr gute Frage. Ich war auf mindestens sechs Stunden Unterricht eingestellt, mit Freizeit hatte ich so früh nicht gerechnet.

»Keine Ahnung«, sage ich schulterzuckend.

»Lasst uns erst mal rausgehen«, schlägt Lilly vor. »Mal gucken, womit die anderen sich die Zeit vertreiben.«

Auf der Treppe nach unten kommt uns ein Mann entgegen, der mich an irgendjemanden erinnert. Aber an wen bloß? Der, den ich meine, sieht älter aus. Und er hat nicht so viele Muskeln. Der Mann lächelt uns an. Das hilft mir leider nicht. Den anderen habe ich irgendwie nicht lächelnd vor Augen, eher schimpfend. Wem sieht der denn ähnlich? Verdammt, ich komme nicht drauf.

»Herr Direktor Hasenfuß?«, fragt Aaron und bleibt stehen.

Stimmt! Der Hasenfuß! So sieht der aus! Nur ohne

Schnurrbart und irgendwie viel jünger. Und leichtfüßiger. Und cooler.

Der Mann bleibt auf einer Stufe stehen, bewegt seine Beine aber weiter und läuft auf der Stelle.

»Ah, ihr müsst die Neuen sein«, sagt er freudig. »Schön, euch kennenzulernen. Aber nennt mich bitte Hajo, so wie alle. Ich bin zwar der Direktor hier, aber das hat nichts zu bedeuten. Ich muss nur dafür sorgen, dass alle Lehrer glücklich sind, aber das sind sie von ganz alleine. Wie gefällt es euch denn hier? Seid ihr zufrieden mit unserem schönen St. Fidibus?«

»Oh ja«, sagt Gustav. »Es ist toll hier. Viel besser als bei uns.«

»Das freut mich«, sagt der Hasenfuß. »Dann habt mal weiter ganz viel Spaß.«

Er schaut auf seine Armbanduhr.

»Oh, ich muss weiter«, sagt er. »Ich habe erst zwanzigtausend Schritte für mein tägliches Bewegungsziel erreicht. Macht's gut. Und nicht vergessen: Immer schön in Bewegung bleiben! Das hält euch fit! Das könnte vor allem eurem Hund nicht schaden.«

Er zwinkert uns noch kurz zu und läuft flott weiter die Treppe nach oben.

»Hörst du das?«, sage ich zu Cornibus, der als sehr dicker Mops neben uns herwackelt. »Du musst dich mehr bewegen. Du bist zu dick.«

»Cornibus Mops«, bekomme ich grummelnd von unten als Antwort. »Mops immer dick.«

»Ja«, sagt Lilly kichernd. »Aber nicht bei jedem Mops schleift der Bauch auf dem Boden.«

Cornibus knurrt und lässt seine Beine länger werden. Wir lachen und laufen weiter in Richtung Ausgang.

Als wir den Schulhof betreten, kommt Oma uns freudig lächelnd und mit weit ausgebreiteten Armen entgegen.

»Da sind ja meine Süßen!«, ruft sie.

Sie umarmt uns alle und drückt uns fest an sich.

»Ich wollte mal nach euch gucken«, sagt sie. »Wie war denn euer erster Schultag?«

»Sehr beeindruckend«, antwortet Aaron als Erster. »Ein Schulsystem, in dem auf die Talente des Einzelnen eingegangen wird, wäre auch für unsere Welt wünschenswert.«

»Genau«, stimme ich zu. »Vor allem die Kürze des Unterrichts und das Fehlen von Hausaufgaben, das sollte bei uns auch unbedingt eingeführt werden.«

»Ich fand es schön, dass alle so nett waren«, sagt Lilly. »Auch der Lehrer. Das hat richtig Spaß gemacht.«

»Ja, ich kann jetzt sogar zeichnen«, erklärt Gustav. »Und am tollsten fand ich Kiwa.«

»Von der hast du uns ja gar nichts erzählt, Oma«, füge ich hinzu.

»Das stimmt«, sagt Oma lachend. »Das sollte eine Überraschung sein. Ich dachte mir schon, dass euch meine KIWA beeindruckt. Ich lobe mich ja eigentlich nie selbst, aber auf die Schöpfung von KIWA bin ich schon sehr stolz, sie ist einfach perfekt. Ohne sie wäre ich verloren, sie hält meine komplette Welt am Laufen. Und weil sie kein Mensch ist, kann ich mich immer und absolut auf sie verlassen. Das war ja einer der größten der unzähligen Fehler, die euer Opa in eurer Welt gemacht hat. Er hat sich immer auf seine Menschen verlassen, das konnte nur schiefgehen.

Wenn man will, dass etwas funktioniert, muss man es entweder selbst machen oder eine allwissende Maschine erfinden.«

»Das ist dir auf jeden Fall gelungen«, sagt Aaron. »Kiwa ist wirklich sehr eindrucksvoll.«

»Oh ja, das ist sie«, sagt Oma. »Und ihr habt noch lange nicht alles gesehen, was sie kann. Da warten noch einige Überraschungen auf euch, ihr dürft gespannt sein. Seid ihr denn mit eurer Unterbringung zufrieden?«

Das sind wir. Wir haben vier Zimmer, die nebeneinanderliegen und innen durch Türen verbunden sind. Und nach hinten heraus gibt es einen riesigen Balkon, der über die gesamte Breite reicht. Jeder hat sein eigenes Badezimmer und ein großes Gemeinschaftszimmer gibt es auch noch. Es fühlt sich an, als würden wir zusammen in einem großen Haus wohnen.

»Alles bestens«, sage ich. »Ich glaube, wir könnten nicht zufriedener sein. Oder?«

Ich schaue die anderen an, alle nicken zustimmend.

»Sehr schön, das freut mich«, sagt Oma zufrieden. »Falls euch irgendetwas fehlt, sagt es einfach KIWA, sie kümmert sich dann darum. Ich bin jetzt erst mal für ein paar Tage nicht erreichbar. Die Reise in eure Welt hängt mir immer noch nach, vor allem die Zeitverschiebung, die ich machen musste, das Sodbrennen geht einfach nicht weg. Aber ein paar Tage in meinem Schrebergarten auf Mond 2 helfen ganz bestimmt, danach fühle ich mich immer sehr erfrischt und voller Energie. Ich kann euch doch solang alleine lassen? Ich meine, ich habe eurem Vater ja versprochen, auf euch aufzupassen, und dann haue ich einfach für ein paar Tage ab, das macht mir schon ein schlechtes Gewissen.«

»Ach Quatsch, Oma«, sagt Lilly. »Du musst doch kein schlechtes Gewissen haben. Was soll uns denn hier schon passieren?«

»Genau«, stimme ich Lilly zu. »Mach dir um uns keine Sorgen. Die einzige Gefahr, die hier auf uns lauert, ist das viele gute Essen. Nicht wahr, Cornibus?«

»Ja, Essen gut«, sagt Cornibus. »Aber nicht viel. Cornibus gern mehr Essen.«

»Na, du siehst nicht so aus, als würdest du gerade verhungern«, sagt Oma lachend. »Was mich eigentlich wundert. Wir haben hier so gut wie keine Probleme mit Übergewicht. Unsere Lebensmittel sind alle zuckerfrei. Das muss an seiner ungewöhnlichen Herkunft in Verbindung mit unserer Atmosphäre liegen. Ich gucke mir das mal genauer an, wenn ich zurück bin. Bis dahin würde ich ihn vielleicht vorsichtshalber auf Diät setzen.«

»Was Diheet?«, fragt Cornibus. »Cornibus kennt Wort nicht. Diheet lecker?«

»Nein«, sagt Lilly grinsend. »Ich fürchte, eine Diät wird dir gar nicht schmecken.«

»Cornibus egal. Diheet probieren. Drei Stück bitte. Mit Schlotzolade.«

Wir lachen alle.

»Gut, dann mache ich mich mal auf den Weg«, sagt Oma schließlich. »Habt eine schöne Zeit, meine Süßen.«

»Du auch«, sagt Lilly und wir winken Oma noch hinterher, bis sie den Schulhof verlassen hat.

Wir schlendern ein bisschen über das Schulgelände und beobachten, was die anderen machen. Überall ist Bewegung, viele spielen irgendwas mit Bällen, andere hüpfen auf riesigen Trampolinen herum, manche sitzen einfach nur in der Sonne und lesen.

Als wir ein paar Jungs beim Fußballspielen zugucken, kommen zwei Mädchen auf uns zu, eins davon ist Sophia, das Mädchen von heute Morgen im Unterricht. Die beiden haben Badeanzüge an und tragen Bügelbretter unter dem Arm. Die gibt's bei uns in der Hölle auch, in Abteilung 75, wo die Reichtum Raushängenlasser zu Klopapier platt gebügelt werden. Das sind übrigens die Einzigen, die nach ihrer

Bestrafung wieder nach oben dürfen – sie werden dort kostenlos an Obdachlosenheime verteilt.

Die Mädchen bleiben vor uns stehen.

»Hallo«, sagt Sophia. »Wir wollen an den Bondi Beach und ein bisschen surfen. Vielleicht habt ihr ja Lust, mitzukommen?«

Surfen? Was ist das denn? Hat das vielleicht irgendwas mit den Bügelbrettern zu tun? Gibt's das bei uns auch? Ich meine, ich weiß ja bei uns schon sehr wenig über die Oberwelt, aber hier kenne ich mich noch weniger aus. Und irgendwie will ich mich vor den Mädchen nicht blamieren, also sage ich erst mal nichts und warte ab, wie die anderen reagieren.

»Oh, das klingt toll!«, sagt Lilly freudig. »Surfen wollte ich schon immer mal probieren, das stelle ich mir sehr aufregend vor.«

Aha, okay, das gibt es bei uns also offenbar auch. Und es ist aufregend. Lilly macht gern aufregende Sachen. Ich eher nicht so. Aufregung gab es in der Hölle immer genug, ich bin froh, wenn es ruhig zugeht. Lieber mal abwarten, was Aaron und Gustav sagen.

»Ich weiß nicht, ob ich das kann«, sagt Gustav skeptisch. »Im letzten Urlaub habe ich es mal mit Stehpaddeln versucht, da bin ich ständig vom Brett gefallen.«

Verstehe. Beim Surfen steht man wohl auf diesen Brettern. Aber wieso sollte man dabei runterfallen? Die Dinger bewegen sich doch nicht.

»Ach, das bringen wir dir schon bei«, sagt Sophia. »Emma ist eine super Surflehrerin, das lernst du ganz schnell.«

»Ja, das ist eigentlich nur Übung«, sagt das andere Mädchen. »Ich zeig's dir, kein Problem. Und wenn es dir nicht gefällt, lässt du es eben. Am Strand kann man noch viele andere tolle Sachen machen.«

»Das stimmt natürlich«, sagt Gustav. »Alles klar, ich komme sehr gern mit.«

»Ich auch«, sagt Aaron. »Surfen klingt nach einer spannenden physikalischen Herausforderung, das möchte ich gern versuchen.«

Alle Augen richten sich abwartend auf mich. Ach so, ja, stimmt, ich habe noch gar nichts dazu gesagt.

»Klar«, sage ich. »Surfen. Bin ich dabei.«

»Aber wir haben keine Surfbretter«, sagt Lilly. »Und Badeanzug habe ich auch keinen dabei.«

»Keine Sorge«, sagt Sophia. »KIWA stellt euch alles zur Verfügung, was ihr braucht. Das machen wir dann gleich, wenn wir angekommen sind.«

»Apropos ankommen«, sagt Aaron. »Ich weiß ja nicht, wie das hier ist, aber bei uns liegt der Bondi Beach in Australien und ist somit über 16 000 Kilometer entfernt.«

»Ja, das ist hier auch so«, sagt Emma.

»Was, so weit ist das?«, sagt Lilly verwundert. »Aber da sind wir ja ewig unterwegs.«

»Na ja, wir wollten zum Abendessen wieder hier sein«, sagt Sophia. »Ist das zu lang für euch? Habt ihr noch was anderes vor?«

»Zum Abendessen wieder zurück?«, fragt Aaron erstaunt. »Bei uns wäre das physikalisch unmöglich. Umso mehr bin ich jetzt gespannt auf eure Transportmittel. Gibt es hier etwa Flugzeuge mit Raketenantrieb? Oder ein unterirdisches Vakuum-Röhrensystem mit Magnetbeschleunigung?«

»Flugzeuge?«, erwidert Sophia verwundert. »Was soll das denn sein? Hier bei uns fliegen nur die Vögel.«

»Wenn wir irgendwo hinwollen, zoppt uns KIWA«, erklärt Emma. »Das dauert nur ein paar Sekunden. Wurdet ihr noch nicht gezoppt, seitdem ihr hier seid?«

»Ich glaube nicht«, sagt Gustav und sieht uns fragend an. »Das hätten wir doch gemerkt, oder?«

»Also, bei mir hat nichts gezoppt«, sage ich. »Tut das weh?«

»Nein, überhaupt nicht«, sagt Sophia lachend. »Das bitzelt ein bisschen in der Nase, mehr nicht. Aber davon könnt ihr euch ja gleich selbst überzeugen.«

»KIWA«, sagt Emma. »Bitte sechs Personen zoppen. Ziel: Bondi Beach.«

»Cornibus auch bitte«, sage ich.

»Korrektur«, sagt Emma. »Sechs Personen und ein Hund.«

»Gerne, Emma«, ertönt Kiwas Stimme. »Irgendwelche Sonderwünsche?«

»Ja«, antwortet Emma. »Vorzugsweise ein Platz mit Sonnenschirm. Sechs Liegestühle bitte.«

»Gerne, Emma«, sagt Kiwa. »Koordinaten erfasst. Bitte während des Vorgangs nicht bewegen. Zoppen beginnt in: Drei … zwei … eins.«

Huch, was ist denn jetzt los? Ich sehe, wie mein Arm langsam durchsichtig wird. Jetzt ist er komplett verschwunden. Und ich auch. Keine Ahnung, wo ich gerade bin, es ist stockdunkel. Sophia hatte recht, es bitzelt leicht in der Nase, ansonsten spüre ich rein gar nichts. Ah, es wird heller. Sehr hell sogar. Mein Arm erscheint langsam wieder. Ich sinke ein kleines Stück nach unten. Ach so, ich stehe plötzlich auf Sand. Und es riecht wie in der Bretagne. Nach Meer.

»Zoppen abgeschlossen«, höre ich Kiwas Stimme. »Ihr dürft euch wieder bewegen.«

Ich schüttle mich kurz und sehe mich um, die anderen sind auch da.

»Wahnsinn!«, sagt Aaron begeistert. »Dieses öffentliche Transportmittel ist wirklich genial!«

»Ich fand es ganz schön unheimlich«, sagt Gustav. »Aber da gewöhnt man sich bestimmt dran.«

»Wo ist denn Cornibus?«, fragt Lilly und sieht sich um.

Stimmt, Cornibus ist nicht da, das merke ich jetzt erst. Vielleicht ist er sofort abgehauen, als wir angekommen sind. Mein Blick schweift über den Strand.

»Es tut mir leid«, ertönt Kiwas Stimme. »Ich konnte euren Hund nicht zoppen. Es war mir unmöglich, seine DNA zu entschlüsseln. Sein Erbgut folgt keiner Logik.«

»Schade«, sage ich. »Cornibus mag den Strand doch so sehr. Aber es geht ihm hoffentlich gut?«

»Seinen Gesundheitszustand kann ich aufgrund der inkompatiblen DNA leider nicht überprüfen«, sagt Kiwa. »Aber aktuell rekelt er sich mit drei Croissants in der Schnauze auf dem Frühstücksbuffet und macht einen äußerst zufriedenen Eindruck.«

»Dann ist's ja gut«, sage ich lachend. »Solange er etwas zu essen hat, müssen wir uns um ihn keine Sorgen machen.«

»Kann ich sonst noch etwas für euch tun?«, fragt Kiwa.

»Ja«, sagt Sophia. »Wir bräuchten bitte vier Surfbretter und gendergerechte Strandkleidung für vier Personen. Und vier Badetücher könnten auch nicht schaden.«

»Kein Problem«, sagt Kiwa.

Im nächsten Augenblick stecken vier Surfbretter neben uns im Sand, davor liegen vier sauber gefaltete Haufen aus Badekleidung und Handtüchern.

»Danke, KIWA«, sagt Emma. »Du bist die Beste.«

»Das ist lieb, Emma«, sagt Kiwa. »Ich wünsche euch einen schönen Tag am Strand.«

Oh, den werden wir ganz sicher haben. Das sieht wirklich fantastisch aus hier. Überall laufen, springen oder liegen fröhlich aussehende Leute herum. Der Strand und das Meer sind traumhaft, das Wetter ist perfekt und gleich lernen wir Surfen – das wird ein höllisch guter Tag!

Mäuse melken

»Oh, ist das lecker!«, stelle ich schmatzend fest. »Und das ist wirklich kein Fleisch? Ich meine, es sieht aus wie Fleisch und riecht wie Fleisch.«

»Nein, das ist garantiert kein Fleisch«, sagt Emma. »Und ich finde es immer noch erschütternd, dass bei euch zu Hause Tiere gegessen werden.«

»Wenn es bei uns auch so leckere fleischlose Sachen gäbe, würde ich sofort damit aufhören«, sagt Lilly. »Seit ich Luzie und Cornibus kenne, esse ich auf jeden Fall schon weniger Fleisch. Wobei dieses Zeug hier tatsächlich viel besser schmeckt. Ich glaube, ich muss mir unbedingt noch so ein Würstchen holen. Will noch jemand was?«

Wir strecken alle unsere Finger in die Luft.

»Und bitte auch noch was von dem fantastischen Salat«, sagt Aaron. »Surfen macht offenbar hungrig.«

Oh ja, das macht es. Und jede Menge Spaß. Der Nachmittag am Strand war sensationell. Emma ist wirklich eine sehr gute Surflehrerin. Ich bin nur dreimal ins

Wasser gefallen, bevor ich zum ersten Mal richtig auf dem Brett stehen konnte. Und ein paar Minuten später ging es sogar schon einige Meter vorwärts. Kurz bevor wir zurückgezoppt sind, bin ich dann auch schon meine erste kleine Welle geritten. Wieso das reiten heißt, weiß ich zwar immer noch nicht, denn da war weit und breit kein Pferd zu sehen, aber egal, es hat jedenfalls einen Riesenspaß gemacht. Bei Gustav hat es etwas länger gedauert, Emma musste ihn immer wieder festhalten. Lilly hat mir zugeflüstert, dass er das mit Absicht macht, weil er auf Emma steht, aber das habe ich nicht kapiert, er stand doch auf dem Brett, nicht auf Emma. Aaron kann am besten von uns surfen.

Weil er irgendwas mit Winkeln ganz schnell im Kopf ausrechnet und seine Füße dann genau auf die richtigen Stellen am Brett stellt, damit er nicht runterfällt. Er ist schon richtig große Wellen geritten, da hat allein das Zuschauen ganz viel Spaß gemacht. Zwischendurch haben wir ein bisschen Beachvolleyball gespielt. Das kannte ich nicht, da war Lilly die Beste, weil sie es zu Hause auch spielt, nur nicht am Strand, aber die Regeln sind wohl die gleichen. Zuerst dachte ich ja, dass man mit dem Ball das Netz treffen muss, aber das hat nicht gestimmt, da haben mich alle angemeckert.

Wenn wir nicht gesurft sind oder gespielt haben, lagen wir gemütlich in den Liegestühlen und haben bei Kiwa leckere Fruchtcocktails bestellt. Ich glaube, das war der schönste Tag, den ich jemals erlebt habe. Und er ist ja noch nicht zu Ende. Wir sitzen jetzt schon eine ganze Weile hier im Schulgarten, die Sonne ist gerade untergegangen, überall leuchten bunte Lampions und Kiwa zoppt so viele fleischlose Würstchen auf den Grill, wie wir wollen. Ich wusste gar nicht, wie herrlich das Leben doch sein kann. Wenn das so weitergeht, will ich definitiv nicht wieder zurück nach Hause, dann bleib ich hier. Aber natürlich nur, wenn die anderen auch hierbleiben. Ohne meine Schwester und meine beiden besten Freunde wäre es nämlich überall nur halb so schön, selbst hier.

»So, bitte schön, Nachschub«, sagt Lilly und stellt ein Tablett voller Würstchen auf dem Tisch ab.

Sie setzt sich wieder und wir bedienen uns.

»Was ist denn das für ein seltsames Geräusch?«, fragt Sophia kurze Zeit später. »Hört ihr das auch? Es klingt, als würde jemand Holz zersägen.«

Wir lauschen alle für einen Moment. Stimmt, jetzt höre ich es auch. Und ich kenne es ziemlich genau. Es kommt von unter dem Tisch. Ich rücke ein Stück zurück, hebe die Tischdecke an und sehe meine Vermutung bestätigt – da unten liegt ein sehr dicker Kater und schnarcht selig vor sich hin.

»Das ist nur Cornibus«, sage ich leise und lege einen Finger auf meine Lippen. »Er schläft. Und das sollte möglichst so bleiben. Wenn er aufwacht, fängt er bloß wieder an zu essen.«

»So langsam mache ich mir Sorgen um ihn«, sagt Aaron. »Was passiert denn, wenn er sich weiter so vollstopft?«

»Keine Ahnung«, sage ich. »Ich habe noch nie einen dicken Hausdämon gesehen. Bei uns in der Hölle gibt es nicht so viel zu essen.«

»Wir müssen ab morgen einfach alle mehr auf ihn aufpassen«, sagt Lilly.

»Aber das können wir nicht, wenn wir wieder an den Strand wollen«, sagt Gustav. »Und wir wollen doch wieder an den Strand, oder? Ich würde sehr gern noch besser lernen, wie man surft. Natürlich vorausgesetzt, unsere Surflehrerin hat Lust dazu?«

Er sieht Emma fragend an.

»Klar, sehr gerne«, sagt sie. »Oder, Sophia? Wir könnten morgen ja mal den Strand in Hawaii ausprobieren.«

»Oh ja, der soll ganz toll sein, das machen wir«, sagt Sophia.

»Super«, sagt Gustav lächelnd. »Darauf freue ich mich jetzt schon.«

Ich mich auch. Und auf den Unterricht morgen freue ich mich auch. Und auf das Frühstück. Eigentlich freue ich mich auf alles, was hier passiert.

»Ooooh!«, ruft Lilly plötzlich und zeigt nach oben. »Was ist das denn?«

Bunte, funkelnde Lichter erscheinen am Himmel. Sie bilden Sterne und andere Formen, lösen sich glitzernd auf, um neuen Formen Platz zu machen, der ganze Himmel scheint zu tanzen. So etwas habe ich bei uns noch nie gesehen, das sieht ja wirklich absolut fantastisch aus.

»Ein Feuerwerk!«, sagt Gustav staunend.

Feuerwerk? So heißt das? Warum gibt es das bei uns in der Hölle nicht? Wir sind doch die Spezialisten, wenn es um Feuer geht. Aber klar, wir haben da unten keinen

Himmel, wahrscheinlich liegt es daran. Oben habe ich so was allerdings auch noch nie gesehen.

»Rein optisch sieht das aus wie ein Feuerwerk, ja«, sagt Aaron. »Aber man hört nichts. Es scheint, als würde es digital auf den Himmel projiziert.«

»Haben wir etwas verpasst?«, fragt Lilly. »Ist heute irgendein Feiertag oder so was Ähnliches? Bei uns gibt es Feuerwerk nur an besonderen Tagen.«

»Feuerwerk?«, erwidert Emma verwundert. »Nein, das ist nur unser Gute-Nacht-Leuchten. Das gibt's hier in St. Fidibus jeden Tag. Es zeigt uns, wann es Zeit ist, schlafen zu gehen.«

»Das ist aber schön«, sagt Lilly. »Das müsste es bei uns auch geben.«

»Ihr müsst also jeden Tag um die gleiche Uhrzeit ins Bett?«, fragt Aaron.

»Wir *müssen* nicht«, sagt Sophia. »Natürlich kann jeder selbst entscheiden, wann er schlafen geht. Aber dies ist die beste Zeit für unseren Biorhythmus. Wer jetzt schlafen geht, hat für den nächsten Tag die optimale Menge an Energie und Leistungsfähigkeit.«

»Genau«, sagt Emma und steht auf. »Und deshalb verabschieden wir uns jetzt auch.«

»Oh, jetzt schon?«, sagt Gustav enttäuscht. »Das ist aber schade.«

»Wir sehen uns ja morgen früh schon wieder«, sagt Sophia. »Sollen wir vielleicht vor dem Unterricht zusammen frühstücken?«

»Auf jeden Fall!«, platzt es aus Gustav heraus. »Unbedingt! Äh … Ich meine … Ja, gern. Wir müssen ja sowieso frühstücken. Frühstück ist wichtig. Und wenn wir sowieso alle frühstücken, können wir das ja auch gemeinsam machen. Oder auch nicht. Wie ihr wollt.«

»Gut, dann treffen wir uns morgen früh wieder hier«, sagt Sophia. »Schlaft gut. Gute Nacht.«

Wir wünschen den beiden auch noch eine gute Nacht,

dann verlassen sie den Garten in Richtung Schulgebäude.

Als die beiden außer Sichtweite sind, beugt sich Lilly zu mir herüber und flüstert mir ins Ohr.

»Ich wusste es«, wispert sie kichernd. »Spätestens jetzt ist es eindeutig: Gustav hat ein Auge auf Emma geworfen.«

»Wie bitte, was?«, flüstere ich entsetzt zurück. »Wann denn? Eben gerade? Hab ich gar nicht mitgekriegt. Wieso macht er denn so was? Er hat doch selbst nur zwei Augen, da wirft man doch nicht einfach so eins durch die Gegend.«

»Was? Nein!«, erwidert Lilly glucksend. »Sorry, ich vergesse manchmal, dass du dich mit unseren Redewendungen immer noch nicht so gut auskennst. Er hat natürlich nicht wirklich eins seiner Augen auf sie geworfen, das sagt man nur so. Das soll bedeuten, dass er auf Emma steht, hab ich ja am Strand schon gesagt.«

»Ja«, flüstere ich zurück. »Und das habe ich am Strand schon nicht kapiert. Er steht doch gerade gar nicht, er sitzt. Und Emma ist überhaupt nicht mehr da. Außerdem weiß ich nicht, ob sie es so toll finden würde, wenn Gustav sich einfach auf sie draufstellt. Das tut doch bestimmt weh.«

»Ich fasse es nicht«, sagt Lilly kopfschüttelnd. »Bist du so doof oder willst du mich einfach nicht verstehen? Gustav findet Emma gut!«

»Klar«, erwidere ich. »Sie ist ja auch gut. Ich finde sie sogar super. Sie hat uns allen in sehr kurzer Zeit das Surfen beigebracht. Das hätte bestimmt nicht jeder gekonnt, dafür muss man schon gut sein. Aber deswegen muss ich mich ja nicht gleich auf sie draufstellen. Oder mit Augen nach ihr werfen. Das finde ich schon arg übertrieben.«

»Oh Mann!«, zischt Lilly mich etwas lauter an. »Das ist ja echt zum Mäusemelken mit dir! Gustav ist in Emma verknallt! *Das* meine ich!«

»Was hat geknallt?«, fragt Gustav.

»Äh … nichts!«, sagt Lilly. »Nichts hat geknallt. Das Feuerwerk. Ich habe über das Feuerwerk geredet. Dass es *nicht* geknallt hat. Sonst nichts.«

»Ach so«, sagt Gustav. »Ja, das war schon irgendwie ungewohnt, oder? Eigentlich gehört das bei einem Feuerwerk dazu, finde ich. Aber schön war es trotzdem.«

»Äh, ja, fand ich auch«, sagt Lilly und wendet sich wieder an mich. »Hast du jetzt kapiert, wovon ich die ganze Zeit rede?«

Nein, habe ich nicht. Weil ich nicht verstehe, was verknallen bedeutet. Ist das überhaupt ein richtiges Wort? Verknallen. Wenn es knallt, ist es laut, so viel weiß ich. Bei uns unten knallt es immer, wenn jemand explodiert, was ja nicht selten vorkommt. Aber was soll bitte schön *ver*knallen sein? Ist das so was wie *ver*wechseln? Oder *ver*tauschen? Ist da vielleicht der Falsche explodiert? Aber wer? Ich habe nichts gehört. Gustav oder Emma waren es jedenfalls nicht und Cornibus liegt immer noch schlummernd unter dem Tisch. Kapier ich echt nicht. Aber das sage ich Lilly jetzt besser nicht, sonst rastet sie noch aus. Oder sie hält mich für komplett verblödet, das will ich nicht.

»Ja, ja, ich hab's kapiert«, lüge ich deshalb. »Aber eins kannst du absolut vergessen: Ich werde auf gar keinen Fall irgendwelche Mäuse mit dir melken. Die brauchen ihre Milch nämlich für die Mäusebabys. Wofür willst du die überhaupt? Kannst du keine normale Milch trinken?«

Lilly starrt mich mit weit aufgerissenen Augen an – und fängt so laut an zu lachen, dass Aaron und Gustav erschreckt zusammenzucken.

Was denn? Ich habe doch gar nichts Lustiges gesagt. Jetzt fangen Gustav und Aaron auch noch an zu lachen, obwohl sie gar nicht wissen, worum es geht. Okay, das ist schon irgendwie ansteckend, ich kann nicht anders, ich muss auch lachen.

Es dauert eine ganze Weile, bis wir uns wieder beruhigt haben. Lilly steht auf.

»Ich gehe dann auch mal ins Bett«, sagt sie. »Was ist mit euch?«

»Gute Idee«, sagt Gustav und streckt sich dabei gähnend. »Das war ein sehr schöner Tag. So viele tolle Eindrücke machen doch ganz schön müde.«

»Ja, ich bin auch ziemlich erschöpft«, sagt Aaron. »So viel Bewegung an der frischen Luft bin ich nicht gewohnt. Ob wir uns von Kiwa wohl auch direkt ins Bett zoppen lassen können?«

»Bestimmt«, sagt Lilly. »Aber das fände ich irgendwie übertrieben. Die paar Schritte schaffen wir schon noch selbst, oder?«

Ich stehe auf, Aaron und Gustav auch.

»Cornibus nicht vergessen«, sagt Aaron.

Oh, stimmt, den hätte ich jetzt tatsächlich glatt vergessen. Ich werfe einen Blick unter den Tisch, er schnarcht immer noch selig vor sich hin. Ich will ihn nicht wecken, also schiebe ich vorsichtig meine Hände unter seinen Bauch und hebe ihn hoch. Das heißt, ich *versuche* ihn hochzuheben, so einfach ist das gar nicht. Wie viele Kilo hat der denn zugenommen, seit er hier ist? Fünfzig?

»Uff, ist der schwer!«, stöhne ich. »Kann mir mal jemand helfen?«

Gustav hilft mir, Cornibus hochzuheben, wir legen ihn über meine Schulter und laufen auf das Schulgebäude zu.

»Schon Morgen?«, höre ich Cornibus murmeln, als wir die Treppen zu unseren Zimmern hochsteigen. »Cornibus Frühstück. Krossang. Mammalade. Bimbeer.«

»Es ist noch lang nicht Morgen«, sage ich und tätschle seinen Hintern. »Wir gehen gerade erst ins Bett, Cornibus.«

»Cornibus Bettschlupferl?«

»Nein, du kriegst kein Betthupferl«, erwidere ich. »Du hattest mehr als genug Betthupferl heute. Schlaf weiter, Cornibus. Gute Nacht.«

»Gute Nacht.«

Nicht da lang!

»Chef? Darf ich reinkommen, Chef?«

»Kommt ganz drauf an. Womit willst du mir diesmal auf die Nerven gehen, Steven?«

»Mit gar nichts, Chef. Im Gegenteil. Ist Ihnen immer noch langweilig? Ich hätte da vielleicht etwas für Sie.«

»Wenn es wieder eines deiner komischen Computerspiele ist, kannst du es dir gleich selbst in den Hintern stecken.«

»Nein, nein, Chef. Keine Sorge, Chef. Ich habe das letzte noch nicht komplett wieder rausgekriegt. Diesmal habe ich ein gänzlich analoges Spiel für Sie, sozusagen Old School.«

»Ein altes Spiel? Als Kind habe ich ja sehr gern gespielt. Na gut, komm rein.«

»Hier, Chef, bitte schön.«

»Hm, eine flache Dose mit Glasdeckel, das sieht ja nicht besonders aufregend aus. Und was mache ich jetzt damit? Werfe ich sie dir an den Kopf? Das wäre zwar lustig, aber ein sehr kurzer Spaß.«

»Nein, nein, Chef, das ist nichts zum Werfen. Ich erkläre es Ihnen. Sehen Sie die drei kleinen Kügelchen da drin? Und die Löcher? Sie müssen das Spiel so lange in der Hand balancieren, bis alle Kügelchen gleichzeitig in den Löchern sind.«

»Ah, verstehe. Und wenn ich es geschafft habe, explodiert irgendwas?«

»Äh … nein, Chef. Darum geht es nicht. Ziel ist es, die Kügelchen in die Löcher zu kriegen. Mehr passiert bei diesem Spiel nicht.«

»Hm. Nur die Kügelchen in die Löcher? Und das soll gegen Langeweile helfen?«

»Probieren Sie es doch einfach mal. Sie werden sehen, das macht höllisch viel Spaß.«

»Na gut. Also, die Kügelchen müssen in die … Hey, eins hab ich schon drin! Das war ja ganz einfach! So, jetzt das nächste, das muss … Oh nein! Jetzt ist das andere wieder aus dem Loch geflutscht! Darf es das überhaupt? Das ist doch bestimmt gegen die Regeln! Zählt das trotzdem?«

»Nein. Alle drei Kügelchen müssen gleichzeitig in den Löchern sein.«

»Okay, das kriege ich hin, wäre ja gelacht. So, du musst da … Ja, eine ist schon wieder drin! So, jetzt Nummer zwei. Ganz vorsichtig. Nein, nicht da lang! Verfluchte Hacke! Jetzt ist die andere schon wieder rausgeflutscht! Kann doch nicht sein, dass das so schwer ist! Ich kann mit einem Fingerschnippen Köpfe explodieren lassen, da werde ich doch wohl noch so ein dämliches Spiel hinkriegen! Was? Nein, nicht schon wieder! Verdammt, wieso klappt das denn nicht?«

»Dafür braucht man Geduld, Chef. Deswegen heißt diese Art von Spiel ja auch Geduldsspiel.«

»Wie bitte, WAS? DAS IST NICHT DEIN ERNST, ODER? DU KOMMST MIR, DEM HERRSCHER DER FINSTERNIS, MIT EINEM *GEDULDS*SPIEL? BIN ICH ETWA DAFÜR BEKANNT, GEDULD ZU HABEN? HAST DU SCHON JEMALS ETWAS VOM GEDULDIGEN TEUFEL GEHÖRT? ICH HABE KEINE GEDULD! NIEMALS! MIR FEHLT JA JETZT GERADE SCHON DIE GEDULD, BIS ICH DICH FERTIG ANGESCHRIEN HABE! UND WENN DU NICHT WILLST, DASS DIR GLEICH MEIN NICHT VORHANDENER GEDULDSFADEN DIE KEH-

LE ZUSCHNÜRT, SORGST DU BESSER IN DEN NÄCHSTEN DREI SEKUNDEN DAFÜR, DASS DIESE VERDAMMTEN KÜGELCHEN IN DIE LÖCHER KULLERN! EINS … ZWEI …«

»Hier, Chef. Schon fertig.«

»Was? Wie? Das ist unmöglich! Wie hast du das so schnell gemacht?«

»Ach, so schwer ist das nicht, Chef. Man braucht nur eine ruhige Hand.«

»Mach das noch mal. Aber ganz langsam, ich will zugucken.«

»Hier, Chef. Wie gesagt, ist eigentlich ganz einfach. Die Hand ruhig halten und die Kugeln langsam auf die Löcher zubewegen.«

»Gib her! Lass mich noch mal! Es müsste doch mit mir selbst zugehen, wenn ich das nicht auch schaffe. Aber das kann ich nicht, wenn du mir dabei ständig auf die Finger glotzt. LOS, RAUS HIER! ICH WILL DIE NÄCHSTEN DREI STUNDEN NICHT GESTÖRT WERDEN! VON NIEMANDEM! UND VOR ALLEM NICHT VON DIR!«

»Alles klar, Chef. Dann mal viel Spaß noch.«

»SPASS? DAS HAT DOCH MIT SPASS NICHTS ZU TUN! DAS IST KRIEG! ICH HABE GANZE ARMEEN BESIEGT, DA WERDE ICH DOCH WOHL NOCH MIT SO EIN PAAR JÄMMERLICHEN KÜGELCHEN

FERTIGWERDEN! Ja, genau, da musst du rein. YES! SCHON ZWEI GESCHAFFT! So, eine noch. Ja, genau da musst du hin. Ja, gleich hab ich … NEIN! DAS DARF DOCH NICHT WAHR SEIN! HUNDERTTAUSEND HEULENDE HÖLLENHUNDE!«

Ein chemischer Prozess

»Zu mir! Wirf zu mir!«, ruft Aaron.

Oh, stimmt, Aaron ist ganz frei. Ich werfe den Ball zu ihm. Er fängt ihn und dribbelt seinen Gegenspieler aus.

Dieses Basketballspielen macht echt Spaß. So wie alles andere hier in den letzten drei Tagen auch Spaß gemacht hat. Es gab eigentlich nichts, was keinen Spaß gemacht hat. Im Unterricht haben wir getrommelt, fotografiert und tolle Sachen aus Holz geschnitzt. Nachmittags waren wir immer surfen, erst auf Hawaii, dann in San Francisco und gestern auf Tahiti. Wir sind alle schon richtig gut geworden. Ich habe sogar eine drei Meter hohe Welle geschafft, bis ganz zum Ende, ohne vom Brett zu fallen. Heute bleiben wir aber ausnahmsweise einmal hier, weil Emma und Sophia schon zum Basketballspielen verabredet waren.

Aaron dribbelt noch einen Gegenspieler aus und passt dann zu Emma.

Lilly hat mir erklärt, dass bei uns zu Hause Jungs und Mädchen gar nicht zusammen in einer Mannschaft spielen dürfen. Das ist hier viel besser, hier dürfen alle gleichzeitig mitspielen, da wird kein Unterschied zwischen Mädchen und Jungs gemacht. Und ich bin sehr froh, dass Emma und Sophia in unserer Mannschaft sind, sie spielen nämlich super. Aaron ist aber auch nicht schlecht, er hat schon dreimal in das kleine Netz getroffen, weil er irgendwas mit Flugbahn und Einfallswinkel ganz schnell im Kopf ausrechnet.

»Hier!«, ruft er. »Ich bin frei!«

Emma passt den Ball zu ihm. Er täuscht links an und geht rechts an seiner Gegenspielerin vorbei.

Ich werfe schnell einen Blick auf Cornibus. Okay, er ist noch da, er sitzt als übergroßes Meerschweinchen auf einem Gartenstuhl am Rand des Spielfelds.

Obwohl wir jetzt darauf achten, dass er weniger Essen in sich hineinschlingt, wird er trotzdem langsam stetig dicker. Und das finde ich doch besorgniserregend. Ich konnte vorhin zugucken, wie er sich verwandelt hat. Es hat sehr lang gedauert und er wirkte hinterher völlig erschöpft. Das kann nicht gut für ihn sein. Wenn wir dabei sind, kriegt er so gut wie gar nichts mehr zu essen, aber wahrscheinlich stopft er sich jedes Mal voll, wenn wir zum Surfen zoppen. Gestern hatten wir den Holzapfel darum gebeten, auf ihn aufzupassen, solange wir weg sind, aber das hat leider nicht funktioniert, weil Cornibus sich in eine Maus verwandelt hat und abgehauen ist. Wahrscheinlich muss in Zukunft immer einer von uns hierbleiben, wenn wir surfen gehen. So kann es jedenfalls nicht mit ihm weitergehen.

Aaron spielt den Ball zu Gustav, Gustav passt sofort wieder zurück und bewegt sich in Richtung Emma. Eigentlich bewegt er sich in den letzten Tagen nur noch in Richtung Emma. Und ich weiß jetzt auch, warum.

Aaron hat mir erklärt, was dieses *verknallt* bedeutet. Er sagt, das sei ein chemischer Prozess im Gehirn, der dafür sorgt, dass man nicht mehr klar denken kann, weil man jemand anderen so gern mag, dass man immer in seiner oder ihrer Nähe sein möchte. Dann vergisst man einfach alles andere um einen herum und sieht nur noch diese eine Person. Vielleicht kommt daher ja auch der Ausdruck mit dem Augewerfen? Egal, jedenfalls geht das sogar so weit, dass man den oder die andere berühren und im schlimmsten Fall sogar küssen möchte. Und zwar auf den Mund. Jawohl, auf den Mund! Das ist bei uns in der Hölle eine der fiesesten Strafen überhaupt. Damit werden bei uns in Abteilung 79 die Rücksichtslosen

Mundgeruchverbreiter bestraft, die werden pausenlos von Abwasser-Dämonen auf den Mund geküsst. Und wie so ein Abwasser-Dämon aus dem Mund riecht, will selbst bei uns unten eigentlich niemand wissen. Mich hat mal einer aus zehn Metern Entfernung gegrüßt, da wäre ich schon fast in Ohnmacht gefallen. Wenn Gustav so was mit Emma machen will, muss in seinem Gehirn aber echt etwas kaputt sein. Das hat mir dann schon Sorgen gemacht, ich möchte ja nicht, dass meine

Freunde so eine komische Gehirnkrankheit haben, aber Aaron hat gesagt, so schlimm wäre das nicht, das würde wieder vorbeigehen. Dagegen machen könne man allerdings nichts, also bleibt uns nichts anderes übrig, als abzuwarten, bis Gustav sich wieder entknallt.

Aaron dribbelt ein bisschen herum, dann passt er zu Lilly, die frei an der Linie steht, von der aus man mehr Punkte kriegt, wenn man trifft. Lilly hebt ihre Arme und nimmt den Korb ins Visier.

Mit Lilly habe ich mich gestern Abend ein bisschen unterhalten, als wir uns das Gute-Nacht-Leuchten von unserem Balkon aus angesehen haben. Sie findet es natürlich auch großartig hier. Nur manchmal hat sie ein bisschen Heimweh. Sie vermisst ihr Zimmer und ihre Klamotten, weil hier alles anders riecht, nicht nach ihr. Und ihr Onkel würde ihr fehlen. Hier gibt es zwar auch einen Hausmeister, der Herr Rosenberg heißt und Lillys Onkel sehr ähnlich sieht, aber Lilly sagt, das wäre einfach nicht das Gleiche, weil die gemeinsame Vergangenheit und die Gefühle fehlen würden. Ich musste dann darüber nachdenken, ob ich selbst auch Heimweh habe und irgendjemanden vermisse. Klar, ich vermisse Papa. Und Steven. Und sogar Onkel Gabriel ein bisschen. Aber die vermisse ich ja auch, wenn ich bei uns zu Hause in St. Fidibus bin. Und ich vermisse es nicht, dort zu sein, dafür ist es hier viel zu schön. Wenn, dann würde ich mir wünschen, dass Papa und Steven und Onkel Gabriel auch hier wären und wir das alles zusammen schön finden könnten. Ist das auch Heimweh? Wenn man sich nicht danach sehnt heimzufahren, sondern sich wünscht, dass die Leute, die dort sind, an den neuen Ort kommen? Heißt das dann vielleicht Leuteweh? Muss ich Lilly später mal fragen.

Der Ball verlässt Lillys Hand und fliegt auf den Korb zu. Ja, das wird ein Treffer! Oder nein, doch nicht. Der Ball prallt am Ring ab und schwebt kurz über dem Netz. Ja, er fällt noch rein! Nein, doch nicht. Er springt auf die andere Seite des Rings und von dort aus in Richtung Spielfeld. Plötzlich stößt Aaron durch eine Lücke nach vorne. Er springt ab und fliegt auf den Ball zu. Er tippt ihn kurz mit dem Handrücken an, der Ball ändert seine Richtung und landet doch noch im Netz. Alle aus unserer Mannschaft reißen jubelnd die Arme in die Luft.

»AU! SCHEISSE!«, übertönt Aarons Stimme plötzlich den Jubel.

Alle auf dem Spielfeld verstummen schlagartig. Das ganze Schulgelände scheint plötzlich verstummt zu sein, es ist noch nicht einmal das übliche Zwitschern der Vögel zu hören. Und alle starren entsetzt auf Aaron, der auf dem Boden sitzt und sich das linke Fußgelenk reibt.

Ich gehe zu ihm.

»Was ist denn passiert?«, frage ich.

»Ich hab mir den Fuß verknackst, als ich gelandet bin«, sagt er.

»Oje«, sage ich. »Tut's sehr weh?«

»Ja«, antwortet Aaron. »Ich fürchte sogar, da ist etwas kaputt. Könnte ein Bänderriss sein.«

Lilly tritt neben mich.

»Oh nein, du Armer«, sagt sie mitleidig. »Ich hatte auch mal einen, ist echt schmerzhaft. Das muss gekühlt werden, und zwar möglichst schnell. Wo ist denn hier die Krankenstation?«

Niemand antwortet. Wir schauen uns um, alle stehen immer noch wie angewurzelt und mit entsetzten Gesichtern da.

»Hallo?«, rufe ich. »Kann hier vielleicht mal jemand helfen? Wir würden gerne wissen, wo eure Krankenstation ist? Ihr habt doch sicher eine Krankenstation, oder?«

»Äh … nein«, sagt Sophia, die sich als Erste langsam aus ihrer Starre löst. »Was ist das denn, eine Krankenstation?«

»Da geht man bei uns an der Schule hin, wenn man sich verletzt hat oder sich nicht wohlfühlt«, erklärt Lilly. »Dort gibt es eine Krankenschwester für die Erstversorgung. Wenn es etwas Ernsteres ist, bringt sie die Patienten zum Arzt oder gleich ins Krankenhaus. Was passiert denn hier, wenn jemand krank ist?«

»Krank?«, fragt Emma verwundert. »Was ist denn das, krank?«

»Na, ihr werdet doch auch mal einen Schnupfen kriegen oder so was Ähnliches«, sagt Gustav.

»Hihi, Schnupfen«, sagt Emma kichernd. »Das ist ein lustiges Wort. Das hab ich ja noch nie gehört.«

»Okay«, sage ich seufzend zu Lilly. »Offenbar wird hier niemand krank, also gibt es auch keine Krankenstation.«

»Ja, aber was ist denn, wenn sich jemand verletzt, so wie Aaron?«, wendet sich Lilly an Sophia. »Ich meine, eure Knochen sind doch nicht aus Gummi, selbst hier bricht sich doch sicher mal jemand irgendwas. Oder ihr schneidet euch aus Versehen mit einem Messer und es blutet ganz stark. Was macht ihr denn dann?«

»Ach so«, sagt Sophia. »Ja, klar, so was passiert schon. Ich habe mir schon zweimal die Nase beim Surfen gebrochen, weil mir das Brett aufs Gesicht geknallt ist. Aber das ist ja überhaupt kein Problem, um so was kümmert sich KIWA immer sofort.«

»KIWA?«, ruft Emma. »Wir haben eine Beschädigung, am Fuß, schätzungsweise Grad 3 oder 4.«

»Bin schon da«, ertönt Kiwas Stimme. »Ich stelle sofort eine Diagnose. Bitte den Fuß nicht bewegen.«

Ein rötlich schimmernder Strahl schießt aus dem Pfosten, an dem der Basketballkorb befestigt ist. Er bewegt sich langsam hin und her über Aarons Fuß, bis er schließlich grün wird und wieder verschwindet.

»Ich habe einen Anriss im oberen Seitenband festgestellt«, sagt Kiwa. »Gegenmaßnahmen werden unverzüglich eingeleitet. Bitte den Fuß nicht bewegen.«

Wieder kommt ein Strahl aus dem Pfosten, diesmal ist er blau. Er bleibt eine ganze Weile surrend auf Aarons Fußgelenk, dann wird er auch grün und verschwindet.

»Prozedur abgeschlossen«, sagt Kiwa. »Bitte Fuß bewegen und anschließend im normalen Laufmodus belasten.«

Aaron bewegt vorsichtig seinen Fuß.

»Es tut überhaupt nicht mehr weh«, sagt er staunend.

Er steht auf und läuft ein paar Schritte.

»Sensationell«, sagt er. »Ich spüre nichts mehr von der Verletzung. Es ist, als wäre das überhaupt nicht passiert. Ich glaube sogar, ich kann ganz normal weiterspielen.«

»Davon ist dringend abzuraten«, sagt Kiwa. »Zur vollständigen Regeneration ist für die folgenden vierundzwanzig Stunden ein Verzicht auf sportliche Aktivitäten unabdingbar. Eine Ruhigstellung der beschädigten Stelle ist in dieser Zeit dringend empfohlen.«

»Oh, das ist natürlich schade«, sage ich und klopfe Aaron mitleidig auf die Schulter.

»Nur einen Tag für die komplette Heilung eines Bänderrisses?«, sagt Aaron erstaunt. »Das ist doch sensationell! Gar kein Problem. Dann passe ich morgen auf Cornibus auf. Kiwa, kannst du mich bitte in mein Zimmer zoppen?«

»Das wollte ich ohnehin vorschlagen«, sagt Kiwa.

»Tut mir leid, dass ich euch im Stich lassen muss«, sagt Aaron. »Ich drücke ganz fest die Daumen, dass ihr trotzdem gewinnt.«

»Wird schwierig ohne dich«, sage ich. »Aber wir versuchen natürlich unser Bestes. Dann sehen wir uns später?«

»Ja, mal schauen«, sagt Aaron. »Ich lege mich erst mal ins Bett und halte den Fuß still. Aber spätestens morgen früh im Unterricht sollte ich dann wieder dabei sein. Bis dann.«

Er löst sich vor unseren Augen in Luft auf.

So ganz gewöhnt habe ich mich an diese Zopperei ja noch nicht. Wenn sich bei uns in der Hölle jemand in Luft auflöst, taucht er nie wieder auf. Ich weiß, dass das hier nicht so ist, ich wurde ja selbst mittlerweile schon öfter gezoppt, aber ein bisschen gruselig finde ich es trotzdem noch.

»Okay, weiter geht's«, sagt Sophia und wirft den Ball zu einem unserer Gegenspieler. »Ihr habt Anstoß.«

Total hirnamputiert

»Es fehlen zwar noch ein paar von euch, aber ich schlage vor, wir fangen trotzdem schon an«, sagt der Holzapfel. »Worauf hättet ihr denn heute Lust?«

Ja, ich weiß, wer noch fehlt. Gustav und Emma, die sind gestern auch schon später gekommen. Und Aaron ist noch nicht da. Ich habe gestern Abend an seine Tür geklopft, um nach ihm zu sehen, aber er hat nicht reagiert. Wahrscheinlich hat er geschlafen, ich wollte ihn nicht wecken und bin dann selbst ins Bett gegangen.

Beim Frühstück vorhin war er auch nicht. Hoffentlich geht es ihm gut, ich werde nach dem Unterricht gleich mal nach ihm gucken.

Ein Junge aus der zweiten Reihe meldet sich.

»Ja, Sören«, fordert der Holzapfel ihn auf.

»Wir könnten mal wieder ein paar neue Spiele erfinden«, sagt Sören.

Oh, Spiele erfinden, das klingt lustig und macht bestimmt Spaß. Ich habe noch nie ein Spiel erfunden.

»Stimmt, das haben wir lang nicht mehr gemacht«,

sagt der Holzapfel. »Was für ein Spiel hättet ihr denn gern? Eins für drinnen oder draußen?«

»Vielleicht irgendein neues Würfelspiel«, schlägt jemand vor.

Oh ja, ein Würfelspiel, das klingt toll. Ich kenne leider nur eins aus der Hölle, aus Abteilung 50. Da sitzen bei uns die Fiesen Falschspieler. Dort kriegt jeder fünf Würfel und das Versprechen, dass er freigelassen wird, wenn er damit beim ersten Wurf mehr Punkte erzielt als die anderen am Tisch. Allerdings sind unsere Würfel gezinkt und zeigen nur Einser an, was dazu führt, dass sich alle gegenseitig Betrug vorwerfen und pausenlos die Köpfe einschlagen. Manchmal macht sich Papa einen Spaß daraus und spielt mit einem einzigen Würfel mit, auf dem natürlich nur Sechser sind, dann geht es immer richtig rund.

»Gern«, sagt der Holzapfel. »Lasst uns ein neues Würfelspiel erfinden. Wie viele Würfel sollen verwendet werden?«

»Drei«, schlägt jemand vor. »Und ein vierter als Bonuswürfel.«

Die Tür geht auf. Gustav und Emma kommen herein und halten sich dabei an den Händen. Was soll das denn jetzt? Kann man bei dieser komischen Verknalltsein-Krankheit nicht mal mehr ohne Hilfe laufen? Hoffentlich kriege ich so was nie, das ist ja beängstigend.

Die beiden setzen sich auf ihre Plätze. Ich beuge mich zu Gustav hinüber.

»Sag mal, habt ihr Aaron heute schon gesehen?«, frage ich leise.

»Aaron? Nein«, antwortet Gustav. »Ich glaube, ich habe ihn zum letzten Mal gestern beim Basketball gesehen, als er sich verletzt hat. Wieso?«

»Ach, nur so«, sage ich. »Ich habe mich bloß gewundert, weil er nicht hier ist.«

»Er ist bestimmt in seinem Zimmer«, sagt Gustav. »Kiwa hat doch gesagt, er soll sich bis heute Nachmittag möglichst nicht bewegen.«

»Sie hat gesagt, er soll keinen Sport machen«, erwidere ich. »Davon, dass er nicht in den Unterricht darf, hat sie nichts gesagt.«

»Ach, du kennst ihn doch«, sagt Gustav. »Bei solchen

Sachen geht Aaron lieber auf Nummer sicher. Bestimmt liegt er gerade gemütlich auf seinem Bett und lässt sich von Kiwa mit Leckereien verwöhnen.«

»Ja, da hast du wahrscheinlich recht«, stimme ich ihm zu.

»Cornibus auch Schleckereien gewöhnen?«, ertönt es von unter meinem Tisch.

»Nein, Cornibus«, sage ich bestimmt. »Das hatten wir doch schon heute Morgen beim Frühstück. Für dich gibt es erst mal keine Leckereien mehr. Du kannst dich ja kaum noch verwandeln. Glaub mir, das ist nur zu deinem Besten.«

»Cornibus will nicht Besten. Cornibus will Essen.«

»Du kriegst nachher beim Mittagessen eine Kleinigkeit«, sage ich.

»Keinigkeit zu wenig. Cornibus mehr.«

»Aber du weißt doch noch gar nicht, was die Kleinigkeit sein wird.«

»Keinigkeit immer zu wenig. Cornibus zehn Krossang. Und zehn Schlotzolade. Sonst Cornibus verhungert.«

»Keine Sorge, so schnell verhungerst du ganz sicher nicht«, erwidere ich lachend. »Du kriegst *ein* Croissant. Und *keine* Schokolade.«

Ein sehr unzufriedenes Grummeln erklingt von unten als Antwort.

Als eine Stunde später die Schulglocke bimmelt, haben wir zwei neue Würfelspiele erfunden und ich habe sogar selbst ein paar Ideen dazu beigesteuert.

»Die Spiele sind toll«, sagt Lilly, als wir den Klassenraum verlassen. »Ich habe mitgekriegt, dass ein paar Jungs sie jetzt gleich unten im Garten ausprobieren wollen. Vielleicht können wir da mitmachen, hast du Lust?«

»Klar!«, sage ich. »Aber ich möchte erst noch kurz nach Aaron gucken. Er langweilt sich bestimmt ganz fürchterlich so allein in seinem Zimmer.«

»Gute Idee«, sagt Lilly. »Vielleicht ist er ja schon wieder fit genug, dann kann er mit zum Würfeln kommen.«

Wir gehen gemeinsam nach oben. Als wir vor Aarons Zimmer angekommen sind, klopfe ich an die Tür.

»Herein!«, ertönt es von innen.

Ich öffne die Tür, wir betreten das Zimmer und sehen … einen uns völlig unbekannten Jungen. Er sitzt auf dem Bett, das plötzlich an einer anderen Wand steht. Und überhaupt sieht hier plötzlich alles ganz anders aus als vor ein paar Tagen, als wir uns die Zimmer zum ersten Mal angesehen haben.

»Hallo!«, begrüßt uns der Junge. »Kann ich euch irgendwie helfen?«

Ich bin noch viel zu verwirrt, um irgendetwas darauf zu antworten.

»Äh … ja«, sagt Lilly. »Du könntest uns bitte gleich

mal drei Fragen beantworten: Wer bist du? Was machst du hier? Und wo ist Aaron?«

Sehr gut. Genau diese drei Fragen interessieren mich auch brennend.

»Ich bin Elias«, antwortet der Junge. »Ich wohne hier. Und wo Aaron ist, weiß ich nicht. Ich kenne nämlich überhaupt keinen Aaron.«

»Ja, aber …«, finde ich meine Sprache wieder. »Aber das ist doch Aarons Zimmer. Auch wenn es plötzlich ganz anders aussieht. Hier hat gestern noch Aaron gewohnt.«

»Das kann nicht sein«, antwortet Elias. »Ich wohne hier schon seit zwei Jahren. Und ein Aaron ist mir nie begegnet.«

»Seit zwei Jahren schon?«, sage ich verwundert. »Aber das kann doch gar nicht sein.«

Ich gehe nach draußen auf den Flur, um vorsichtshalber nachzusehen, ob wir uns nicht in der Tür geirrt haben. Nein, das ist das letzte Zimmer auf dem Gang. Und direkt daneben ist meins. Wir sind hier schon richtig. Ich gehe wieder zurück.

»Ich verstehe das nicht«, sage ich. »Ich könnte schwören, ich war gestern Morgen noch hier drin. Und da sah es komplett anders aus und war definitiv Aarons Zimmer.«

»Aaron?«, ruft Lilly. »Du kannst rauskommen! Es hat funktioniert! Ihr habt uns ganz schön reingelegt!«

Ach so! Klar, das ist die einzig logische Erklärung. Aaron hat sich einen Scherz mit uns erlaubt.

»Super Witz, Aaron!«, rufe ich erleichtert und lache laut auf. »Hast uns voll erwischt!«

Okay, offenbar will er das voll auskosten, er zeigt sich immer noch nicht.

Lilly klappt den Kleiderschrank auf, öffnet die Tür zum Badezimmer und legt sich auf den Boden, um einen Blick unters Bett zu werfen.

»Also, hier ist er jedenfalls nicht«, sagt sie schulterzuckend.

Ich öffne die Tür zum Balkon, um nachzusehen, ob er sich vielleicht dort versteckt und gerade über uns kaputtlacht. Kein Aaron weit und breit. Aber jetzt bin ich mir umso sicherer, dass das hier eigentlich sein Zimmer ist.

»Aaron hat aber hier gewohnt«, sage ich bestimmt. »Wir haben vorgestern noch alle zusammen da draußen gesessen.«

Lilly packt diesen Elias am Kragen und drückt ihn an die Wand.

»Jetzt hör mal gut zu«, faucht sie ihn an. »Du erzählst uns sofort, wo Aaron ist, sonst zeige ich dir, was mein Vater jetzt mit dir machen würde.«

»Aber ich weiß doch nicht, wo dieser Aaron ist!«, wimmert Elias. »Ich schwöre euch, ich kenne ihn nicht! Er war nie hier!«

»Du lügst doch!«, zischt Lilly und drückt Elias noch fester gegen die Wand. »Ein Zimmer verschwindet nicht so einfach! Los, raus mit der Wahrheit! Wo ist Aaron?«

»Ich weiß es wirklich nicht!«, erwidert Elias wimmernd. »Ihr kommt doch aus einer anderen Welt. Vielleicht ist er dorthin zurückgekehrt?«

Nie im Leben. Er würde nie einfach so zurückgehen. Schon gar nicht, ohne uns Bescheid zu sagen. Ganz davon abgesehen, dass er es allein gar nicht könnte. Dafür bräuchte er Oma und die ist gerade sehr weit weg.

»Aha!«, zischt Lilly. »Wenn du weißt, dass wir aus einer anderen Welt kommen, musst du auch Aaron kennen! Er war immer bei uns! Du hast also gelogen, als du gesagt hast, du kennst ihn nicht!«

»Hab ich nicht!«, erwidert Elias. »Soweit ich weiß, wart ihr immer zu dritt! Ihr zwei und der Junge, der immer mit Emma rumhängt! Aber der heißt ja nicht Aaron, oder?«

»Nein, das ist Gustav«, knurrt Lilly. »Aber das ergibt alles überhaupt keinen Sinn. Wenn du Gustav und Luzie und mich kennst, *musst* du auch Aaron kennen.«

»Aber ich kenne ihn nicht!«, sagt Elias verzweifelt. »Ihr müsst mir glauben! Wenn ich wüsste, wo euer Freund ist, würde ich es sofort sagen!«

»Aber du *musst* irgendwas wissen!«, faucht Lilly und droht Elias mit der Faust. »Sonst wärst du nicht hier! In *seinem* Zimmer!«

»Ich verstehe das doch auch nicht!«, schluchzt Elias. »Ich habe nichts damit zu tun, das schwöre ich! Ich wohne doch nur hier!«

»DU LÜGST!«, schreit Lilly ihn an. »UND WENN DU MIR NICHT SOFORT DIE WAHRHEIT SAGST …«

Lillys Faust zuckt, aber ich halte ihren Arm fest.

»Nicht, Lilly«, sage ich. »Das bringt doch nichts. Er scheint wirklich nichts zu wissen.«

»ABER ER …«

»Lass uns gehen, Lilly«, sage ich und schiebe sie in Richtung Tür. »Wir müssen jemanden fragen, der hier etwas zu sagen hat.«

Als wir draußen auf dem Flur stehen und ich die Tür hinter uns geschlossen habe, lasse ich Lillys Wut erst mal ein bisschen verrauchen.

»Ich sage dir, der Typ lügt!«, sagt sie und schnaubt durch die Nase. »Wir wissen doch ganz genau, dass das Aarons Zimmer ist! Und Zimmer vertauschen sich ja nicht einfach mal so von selbst einmal in der Woche! Da ist etwas ganz schön faul, das spüre ich! Am liebsten hätte ich ihm die Wahrheit aus den Klamotten ge…«

»Ich glaube nicht, dass das etwas bewirkt hätte«, unterbreche ich sie. »Wenn er wirklich lügt, macht er das sehr gut. Und dann hilft auch keine Gewalt. Vergiss den Typ. Wir müssen jemanden fragen, der uns ganz sicher die Wahrheit sagt. Den Hasenfuß.«

Da ich davon ausgehe, dass der Hasenfuß sein Büro in dieser Welt auch im Erdgeschoss hat, machen wir uns auf den Weg nach unten. Als wir auf der Hälfte der Treppe sind, bleibt Lilly plötzlich stehen.

»Warte«, sagt sie. »Ich habe erst noch eine andere Idee. Kiwa?«

»Ja, Lilly«, erklingt Kiwas Stimme. »Kann ich irgendetwas für dich tun?«

»Ja«, antwortet Lilly. »Weißt du, wo Aaron ist?«

»Ja«, antwortet Kiwa. »Ich kann dir die Aufenthaltsorte aller siebenhundertachtundvierzig in dieser Welt lebenden Jungen oder Mädchen mit dem Vornamen Aaron nennen. Ich beginne: Aaron Aalbach befindet sich aktuell in …«

»Nein, nein!«, würgt Lilly sie ab. »Ich brauche nicht alle Aarons, ich brauche nur einen, nämlich unseren!«

»Aaron Anton!«, ergänze ich. »Anton ist sein Nachname!«

»Dieser Name befindet sich nicht in meiner Datenbank«, antwortet Kiwa.

»Das ist der, den du gestern auf dem Basketballplatz verarztet hast!«, sagt Lilly.

»Ein solcher Vorgang befindet sich nicht in meiner Datenbank«, sagt Kiwa.

»Aber das kann nicht sein!«, erwidert Lilly. »Ich habe doch selbst gesehen, wie du seinen Bänderriss mit einem Strahl geheilt hast!«

»Ein solcher Vorgang befindet sich nicht in meiner Datenbank«, wiederholt Kiwa.

»Ich war auch dabei!«, sage ich. »Du hast gesagt, er darf vierundzwanzig Stunden keinen Sport machen! Dann hast du ihn auf sein Zimmer gezoppt! Und seitdem ist er verschwunden! Und das Zimmer auch!«

»Ein solcher Vorgang befindet sich nicht in meiner Datenbank«, wiederholt Kiwa erneut.

»WENN DU DAS NOCH MAL SAGST, BEFINDET SICH MEINE FAUST GLEICH IN DEINER DATENBANK!«, rastet Lilly aus. »DU DÄMLICHE …«

Ich halte ihr den Mund zu.

»Lass, Lilly«, sage ich beruhigend. »Das hat keinen Sinn. Sie ist doch nur eine Maschine. Und wahrscheinlich ist sie kaputt. Irgendein Programmierfehler oder so,

Steven hat gesagt, das passiert sehr oft bei Computern. Und einen kaputten Computer anzuschreien, hat noch nie geholfen.«

»Doch, mir«, brummt Lilly. »Mir hilft das.«

»Kann ich sonst noch etwas für euch tun?«, will Kiwa wissen.

»JA, KANNST DU!«, schreit Lilly. »DU KANNST MICH MAL AM A...«

Ich halte ihr wieder den Mund zu und führe sie weiter die Stufen hinunter.

Als wir auf das Sekretariat zulaufen, kommt der Holzapfel gerade aus dem Lehrerzimmer nebenan. Stimmt, den könnten wir natürlich auch nach Aaron fragen. Er kennt ihn ja garantiert aus dem Unterricht und hat hoffentlich keinen Programmierfehler.

»Herr Holzapfel! Herr Holzapfel!«, halte ich ihn auf. »Sie müssen uns helfen!«

Er bleibt stehen und dreht sich freundlich lächelnd zu uns um.

»Fabian«, sagt er. »Ihr sollt mich doch Fabian nennen, so wie alle anderen auch. Wie kann ich euch helfen? Ist irgendwas passiert? Ihr wirkt sehr aufgeregt.«

»Sind wir auch«, sage ich. »Aaron ist verschwunden! Haben Sie ihn zufällig irgendwo gesehen?«

»Hmmmm«, sagt der Holzapfel und streicht sich nachdenklich mit der Hand übers Kinn. »Mal überlegen ... Aaron ... Aaron ... Nein, der Name sagt mir gar nichts. Wer soll das denn sein? Ein Bekannter von euch? Er ist jedenfalls kein Schüler hier, das wüsste ich.«

Wie bitte, was? Das ist nicht sein Ernst, oder? Was ist hier eigentlich los? Sind die denn alle total hirnamputiert? Jetzt reicht's mir aber auch langsam!

»NATÜRLICH IST ER EIN SCHÜLER HIER!«, brülle ich ihn an. »SIE HABEN IHN SELBST JEDEN TAG GESEHEN! ER SASS DIREKT NEBEN MIR! UND GESPROCHEN HABEN SIE AUCH MIT IHM! ALSO ERZÄHLEN SIE GEFÄLLIGST NICHT SO EINEN MÜLL UND VERRATEN MIR SOFORT, WO ER IST!«

»Hmmmmm«, sagt der Holzapfel und streicht sich wieder nachdenklich übers Kinn. »Was machen wir denn da? Du hast also einen eingebildeten Freund namens Aaron, der plötzlich nicht mehr da ist. Und dieser Verlust führt offensichtlich zu unkontrollierbaren Stresssymptomen. Ich glaube, es wird höchste Zeit, dass wir uns im Unterricht mal wieder mit Stressbewältigung beschäftigen. Wenn du möchtest, kann ich dir aber auch gleich ein paar Meditationsübungen zeigen, die garantiert helfen, mit dem Verlust deines imaginären Freundes fertigzuwerden.«

»AARON IST ABER NICHT IMAGINÄR!«, brülle ich. »UND ICH HABE AUCH KEINEN STRESS! ICH BIN STINKSAUER! WEIL UNS JEDER HIER EISKALT INS GESICHT LÜGT! DAS MACHT MICH NÄMLICH STINKWÜTEND! UND SIE MÖCHTEN LIEBER NICHT WISSEN, WAS PASSIERT, WENN JEMAND AUS UNSERER FAMILIE WÜTEND WIRD!«

»Aha, das ist also erblich bedingt«, sagt der Holzapfel. »Dann werden bei euch zu Hause wohl nicht vor jeder Geburt die Gene überprüft und eventuelle Erbfehler korrigiert?«

»NEIN! WERDEN SIE NICHT!«, erwidere ich. »ABER ICH KANN GERN MAL IHRE GENE MIT MEINER FAUST KORRIGIEREN, HERR LÜGENBOLD HOLZAPFEL!«

»Fabian«, sagt der Holzapfel. »Ich habe es doch schon gesagt, ihr dürft mich gern duzen.«

»ICH WILL SIE ABER NICHT DUZEN!«, schreie ich ihn an. »ICH DUZE NÄMLICH NUR LEUTE, DIE ICH MAG! UND SIE MAG ICH AB SOFORT ÜBERHAUPT NICHT MEHR, SIE VÖLLIG VERLOGENER MIST…«

Lilly hält mir von hinten den Mund zu.

»Lass, Luzie«, sagt sie. »Das bringt doch nichts. Er will uns nicht sagen, wo Aaron ist. Wir verschwenden hier nur kostbare Zeit. Aber schön zu wissen, dass du auch mal ausrastest, nicht immer nur ich.«

»Ja, super«, brumme ich. »Ich hätte gern darauf verzichtet. Aber er hat mich einfach so wütend gemacht. Ich meine, das ist ein Lehrer. Lehrer dürfen einen doch nicht einfach so anlügen, oder?«

»Sie *sollten* es jedenfalls nicht tun«, sagt Lilly. »Aber hier ist ja offenbar alles anders als bei uns. Was mich nur so wurmt, ist, dass ich nicht verstehe, *warum* uns alle anlügen. Ich meine, das muss ja einen Grund haben.«

»Ja«, stimme ich ihr zu. »Offenbar wollen sie nicht, dass wir Aaron finden. Und so, wie es aussieht, schaffen sie das auch.«

»Auf gar keinen Fall«, erwidert Lilly. »Wir finden ihn. Ganz sicher.«

»Hoffentlich geht es ihm gut«, sage ich seufzend. »Glaubst du, es macht überhaupt noch Sinn, den Hasenfuß zu fragen? Er lügt uns doch bestimmt auch nur an.«

»Versuchen müssen wir es«, sagt Lilly. »Vielleicht ist er als Direktor ja der Einzige hier, der *nicht* lügt.«

Wir gehen über den Gang in sein Büro.

Als wir eine Viertelstunde später wieder rauskommen, haben wir vor lauter Schreien kaum noch Stimme. Diesmal sind wir beide ausgerastet. Er hat uns genauso dreist angelogen wie die anderen. Nein, eigentlich war es sogar noch schlimmer. Er hat extra die Schülerliste auf seinem Computer manipuliert, um uns zu zeigen, dass Aaron dort nicht draufsteht, dieser miese, verlogene Mistkerl.

»Und jetzt?«, fragt mich Lilly.

»Keine Ahnung«, sage ich. »Aber ich kann nicht einfach tatenlos rumsitzen. Aaron ist vielleicht in Gefahr.«

»Wir könnten die komplette Schule nach ihm absuchen«, schlägt Lilly vor. »Ich breche hier jede Tür auf und drehe jeden Stein dreimal um, bis ich ihn gefunden habe.«

»Gute Idee«, stimme ich ihr zu. »Das machen wir. Lass uns oben anfangen.«

Wir laufen gerade die Treppe hoch, als uns Gustav breit grinsend entgegenkommt. Stimmt, er weiß ja noch gar nicht, dass Aaron verschwunden ist!

»Gustav! Gustav!«, rufe ich ihm aufgeregt entgegen.

»Du musst uns helfen! Aaron ist verschwunden! Und sein Zimmer auch! Das ist ganz merkwürdig! Alle lügen uns an und sagen, dass er nie hier war! Der Holzapfel, der Hasenfuß, Kiwa, einfach alle, die wir nach ihm gefragt haben! Wir müssen ihn unbedingt finden!«

»Was?«, sagt Gustav besorgt und seine Miene verzieht sich. »Wie, verschwunden? Einfach so? Und sein Zimmer auch? Ein Zimmer verschwindet doch nicht einfach so.«

»Doch, hier schon«, sagt Lilly. »Ich habe es selbst gesehen. Das ist alles äußerst seltsam hier. Wir wollen jetzt die Schule durchsuchen, jeden Winkel, irgendwo muss er ja sein.«

»Vielleicht sollten wir uns aufteilen«, schlage ich vor. »Lilly fängt im zweiten Stock an, ich nehme den ersten und du suchst im Erdgeschoss.«

»Äh … jetzt gleich?«, fragt Gustav.

»Klar, jetzt gleich!«, sage ich. »Wann denn sonst? Oder hast du vielleicht etwas Besseres vor?«

»Äh … na ja … wisst ihr … es ist so …«, druckst Gustav herum. »Emma wartet auf mich. Wir … wir wollen spazieren gehen. Ich war nur kurz oben, um mir andere Schuhe anzuziehen.«

Wie bitte? Das meint er jetzt aber nicht wirklich ernst, oder?

»Moment mal, verstehe ich das richtig?«, frage ich mehr als verwundert. »Du willst lieber mit einem Mädchen, das du erst ein paar Tage kennst, ziellos in der Gegend rumlaufen, als uns zu helfen, deinen besten Freund zu finden?«

»Nein … ja … So ist das doch nicht«, druckst er weiter herum. »Natürlich helfe ich euch. Nur nicht jetzt gleich. Ich kann Emma doch nicht einfach so draußen stehen lassen, das wäre sehr unhöflich.«

»Dein bester Freund wird vermisst und du machst dir Gedanken über Unhöflichkeit?«, erwidere ich.

»Ja … nein … Es ist nur …«, stammelt er. »Ich will nicht, dass … Ich helfe euch später, okay? Und ich drücke ganz fest die Daumen, dass ihr Aaron bis dahin schon gefunden habt und es ihm gut geht.«

»Aber das ist …«, erwidere ich fassungslos.

»Lass ihn, Luzie«, unterbricht mich Lilly. »Das hat keinen Sinn. Du kannst ihn jetzt nicht davon abbringen. Geh, Gustav. Und haltet unterwegs bitte die Augen offen.«

»Natürlich, machen wir!«, sagt Gustav. »Und wenn wir etwas sehen oder hören, sag ich euch sofort Bescheid!«

Er flitzt an uns vorbei die Treppe hinunter.

»Du lässt ihn einfach so abziehen?«, sage ich äußerst verwundert zu Lilly. »Wegen eines Mädchens?«

»Es hätte sowieso nichts gebracht«, antwortet Lilly. »Er hat gerade nur eins im Kopf und das ist Emma. Ich sagte es ja schon: Er ist hoffnungslos verknallt.«

»Der *ist* offenbar nicht nur verknallt«, brumme ich. »Der *hat* einen Knall. Und zwar einen riesigen.«

»Wahrscheinlich heißt es genau deshalb so«, sagt Lilly. »Ärgere dich nicht über ihn. Lass uns lieber Aaron suchen. Aber wir sollten vielleicht zusammenbleiben. Vier Augen sehen mehr als zwei.«

Doch, ich ärgere mich über ihn. Und zwar sehr. Wenn er verschwunden wäre, hätte Aaron nämlich keine Sekunde gezögert, uns beim Suchen zu helfen. Genau für solche Fälle sind beste Freunde nämlich da. Aber okay, Lilly hat recht, das ist jetzt nicht so wichtig. Wir müssen Aaron finden!

Selbst gelöscht

»Ob er vielleicht doch zurück nach Hause ist?«, frage ich Lilly.

Wir sitzen auf unserem Balkon, nachdem wir bis eben gerade unterwegs waren, um Aaron zu suchen. Es ist schon fast dunkel und wir haben sogar das Abendessen sausen lassen.

»Das halte ich für sehr unwahrscheinlich«, antwortet sie. »Wie soll er das denn gemacht haben?«

»Ja, ich weiß«, seufze ich.

Ich klammere mich doch nur an den einzigen Strohhalm, der mir gerade einfällt. Weil ich nicht denken möchte, dass er einfach so verschwunden ist – im schlimmsten Fall sogar für immer.

Wir haben überall gesucht auf diesem verflixten Schulgelände. In jedem Raum, in jeder Ecke, in und hinter und auf und unter jedem Schrank. Wir hatten jede Tür mindestens einmal in der Hand, selbst jede Schublade und jede noch so kleine Kiste haben wir geöffnet. Nichts. Nicht die geringste Spur von Aaron. Und natürlich haben wir jeden und jede, die uns über den Weg gelaufen sind, nach ihm gefragt, aber sie haben alle behauptet, sie würden ihn überhaupt nicht kennen – was ja definitiv nicht stimmen kann.

»Wenn Papa hier wäre, hätte er längst die Wahrheit aus einem dieser verdammten Lügner rausgequetscht«, brumme ich. »Und zwar ganz locker mit einer Hand.«

»Das könnten wir auch immer noch machen«, sagt Lilly und sieht mich fragend an.

Die Versuchung ist groß. Wenn es um die Sicherheit meiner Freunde geht, würde ich grundsätzlich auch zu jedem Mittel greifen. Aber das wäre nicht richtig.

»Nein«, sage ich seufzend. »Ich will nicht so sein wie Papa. Außerdem würde es Oma ganz sicher nicht gefallen, wenn wir einen ihrer Menschen zerquetschen.«

»Nein, wahrscheinlich nicht«, sagt Lilly. »Dann bleibt uns wohl leider nichts anderes übrig, als zu warten, bis sie vom Mond zurückkommt. Sie wird ganz sicher herausfinden, was mit Aaron passiert ist, das ist schließlich ihre Welt.«

»Ich weiß nicht, ob ich das aushalte, einfach so tatenlos wartend rumzusitzen, während Aaron vielleicht in Gefahr ist«, sage ich. »Aber ich habe leider keine Ahnung, was wir sonst noch tun könnten, um ihn zu finden. Wir haben ja alles versucht, was in unserer Macht steht.«

Lilly und ich schweigen eine ganze Weile lang. Es ist ein sehr bedrückendes Gefühl, so machtlos zu sein. Dass wir in einer fremden Welt sind, in der wir uns nicht auskennen und noch nicht genau wissen, wie alles läuft, macht es nicht leichter. Wenn wir jetzt bei uns zu Hause wären, würde uns garantiert etwas einfallen, um Aaron zu finden. Da würde ich einfach mein …

»Genau, das ist es!«, juble ich und springe auf. »Mein Dämonen-Handbuch! Dass ich da nicht schon früher dran gedacht habe!«

Ich husche kurz in mein Zimmer und hole es.

»Wenn unsere Macht nicht reicht, um Aaron zu finden, hilft uns vielleicht eine andere«, sage ich und setze mich wieder neben Lilly.

»Sehr gute Idee!«, sagt sie begeistert. »Da ist bestimmt irgendein Spruch drin, mit dem man jemanden finden kann. Oder einer, mit dem man Leute dazu bringt, die Wahrheit zu sagen.«

Aufgeregt schlage ich das Buch auf und sehe … nichts. Jede einzelne Seite ist weiß.

»Oh nein!«, sage ich entsetzt. »Was ist denn da passiert?«

»Ich fürchte, ich ahne es«, sagt Lilly seufzend. »Hier gibt es keine Hölle. Und keine Dämonen. Also gibt es auch keine dämonischen Kräfte. Das Buch hat sich wahrscheinlich in dem Moment selbst gelöscht, als wir hier angekommen sind.«

»Mist, verdammter«, fluche ich. »Das war unsere letzte Chance. Jetzt müssen wir doch auf Oma warten. Und hoffen, dass Aaron in der Zwischenzeit nichts passiert.«

»Ja, das hoffe ich auch sehr«, erklingt hinter uns plötzlich eine Stimme. »Aber die Wahrscheinlichkeit ist leider sehr groß, fürchte ich.«

Es ist Gustav. Mit Emma. Na super. Auf die beiden kann ich gerade sehr gut verzichten. Vor allem auf Gustav. Er hat sich nämlich nicht blicken lassen, um bei der Suche nach Aaron zu helfen.

»Oh, da ist ja unser *bester* Freund«, frotzele ich. »Was willst du denn hier? So tun, als würde dich Aarons Verschwinden interessieren? Vergiss es, das nimmt dir niemand ab. Mach es am besten wie alle anderen und behaupte, es hätte ihn nie gegeben.«

»Ich kann verstehen, dass du sauer bist«, sagt Gustav. »Es stimmt, ich hätte euch sofort und ohne zu zögern helfen müssen. Tut mir leid, dass ich es nicht gemacht habe.«

»Ja, mir auch«, knurre ich. »Und Aaron bestimmt erst recht. Du darfst jetzt gern wieder spazieren gehen, wir brauchen hier keine falschen Freunde.«

»Wenn du das willst, verschwinde ich sofort wieder«, sagt Gustav. »Wie gesagt, ich verstehe, dass du sauer bist. Aber vielleicht willst du ja vorher noch erfahren, was ich über Aarons Verschwinden rausgefunden habe?«

»Du weißt etwas?«, sagt Lilly aufgeregt. »Wo Aaron ist? Los, raus mit der Sprache!«

»Nein«, sagt Gustav. »Ich weiß leider nicht, wo Aaron ist. Aber ich weiß jetzt wenigstens, *warum* er so plötzlich verschwunden ist.«

Gustav sieht Emma an, die sich die ganze Zeit im Hintergrund gehalten hat. Er nimmt ihre Hand und zieht sie zu sich heran.

»Erzählst du ihnen bitte das Gleiche, was du mir erzählt hast?«, fordert Gustav sie auf.

Emma nickt, die beiden setzen sich zu uns an den Tisch. Emma beugt sich über den Tisch und winkt uns zu sich heran.

»Also, es ist so«, flüstert sie. »Hier verschwinden immer wieder plötzlich Leute, das war schon immer so. An einem Tag sind sie noch da, am nächsten sind sie spurlos verschwunden.«

»So wie Aaron«, stelle ich fest. »Aber warum ist das so?«

»Sie haben gegen die Regeln verstoßen«, flüstert Emma weiter.

»Regeln?«, wundere ich mich. »Welche Regeln denn? Uns hat niemand etwas von irgendwelchen besonderen Regeln gesagt.«

»Es sind unausgesprochene Regeln«, fährt Emma fort. »Sie werden uns schon von klein auf von unseren Eltern eingetrichtert. Irgendwann weißt du gar nicht mehr, dass das Regeln sind, weil du dich automatisch daran hältst.«

»Aha«, sage ich. »Und was für komische Regeln sind das?«

»Eine sehr gute Freundin von mir hat zum Beispiel aus Versehen eine Bananenschale neben den Mülleimer geworfen«, erzählt Emma. »Das war keine Absicht, sie hat es gar nicht gemerkt, ich habe es zufällig gesehen, weil ich hinter ihr gelaufen bin. Und ich habe die Schale dann auch selbst in den Mülleimer geworfen. Am nächsten Tag war meine Freundin trotzdem weg. Genauso wie der Junge aus meiner Klasse, der bei einem Ausflug in den Regenwald ganz dringend pinkeln musste. Er konnte nicht mehr warten, bis KIWA ihn auf eine Toilette gezoppt hatte, also hat er in die Büsche gepinkelt. Am nächsten Tag hatten wir einen Jungen weniger in der Klasse. Wobei, nein, das stimmt nicht, da saß dann plötzlich ein neuer auf seinem Platz.«

»Wie bei Aaron«, stellt Lilly fest. »In seinem Zimmer ist ja jetzt auch ein anderer Junge.«

»Genau«, stimme ich ihr zu und wende mich an Emma. »Aber Aaron hat nichts neben den Mülleimer geworfen. Und irgendwo hingepinkelt hat er auch nicht. Wieso ist *er* dann verschwunden?«

»Er hat ein böses Wort gesagt«, flüstert Emma noch leiser und sieht sich dabei nervös um.

»Wie, ein böses Wort?«, frage ich verwundert. »Was denn für ein böses Wort? Ich wusste gar nicht, dass es das gibt, *böse* Wörter.«

»Als er hingefallen ist und sich verletzt hat«, flüstert Emma. »Da hat er es gesagt. Ich kann es jetzt nicht wiederholen, sonst verschwinde ich auch.«

»Es fängt mit S-C-H an«, sagt Gustav.

S-C-H? Was fängt denn mit S-C-H an? Schinken?

Aaron hat doch nicht Schinken gesagt, als er sich verletzt … Ah, jetzt weiß ich's!

»Du meinst Schei…?«, will ich sagen, aber Lilly hält mir schnell den Mund zu.

»Genau das meint sie«, sagt sie. »Aber wir wollen doch nicht, dass du auch verschwindest, oder?«

Oh, stimmt, natürlich nicht. Aber ist das deren Ernst? Ich meine, was ist denn an dem Wort Scheiße böse? Das sagt bei uns in der Hölle jeder Dämon hundert Mal am Tag. Und Papa bestimmt zweihundert. Ich sage das auch manchmal. Wenn irgendwas schiefgelaufen ist oder nicht geklappt hat, oder wenn man sich eben wehtut, so wie Aaron. Dann sagt man Scheiße. Ist doch nichts dabei. Im Gegenteil, danach fühlt man sich sogar ein bisschen besser, weil man den Ärger rausgelassen hat.

Ich löse Lillys Hand von meinem Mund.

»Aber das ist doch Wahnsinn«, sage ich. »Ich meine, man wird doch wohl noch Schei…, ich meine, dieses Wort sagen dürfen. Damit schadet man doch niemandem. Gibt es noch andere Wörter, die man nicht sagen darf?«

»Hier darf überhaupt nicht geflucht werden«, sagt Gustav.

Wie bitte, was? Hier wird nicht geflucht? Echt jetzt? Das kann doch gar nicht sein. Oder doch? Ich denke über unsere Zeit hier nach und überlege, ob ich schon mal jemanden habe fluchen hören. Nein, stimmt, ich kann mich an kein einziges Mal erinnern. Aber das ist mir auch nicht aufgefallen, also weder positiv noch negativ. Ich meine, hier ist alles wunderschön und gut und viel besser als bei uns. Und wenn etwas immer gut und schön ist, hat man keine Veranlassung zu fluchen. Man flucht ja nur, wenn etwas Schlechtes passiert. Hier passiert aber offenbar erst etwas Schlechtes, *nachdem* man geflucht hat.

»Okay, hier darf nicht geflucht werden, das habe ich verstanden«, sagt Lilly. »Aber warum sagt einem das denn keiner? Warum lügen uns alle an und behaupten, dass Aaron überhaupt nie hier gewesen ist?«

»Weil alle Angst haben, dass sie dann auch verschwinden«, sagt Emma. »Das kriegen wir auch schon als kleine Kinder eingetrichtert. Wenn jemand verschwindet, wird auf keinen Fall darüber gesprochen und einfach so getan, als hätte es ihn oder sie nie gegeben.«

»Verstehe«, sagt Lilly. »Deshalb haben uns alle angelogen. Weil sie es nicht anders gewohnt sind. Und warum hast du uns jetzt doch die Wahrheit gesagt? Du bringst dich damit schließlich selbst in Gefahr.«

»Na ja«, sagt Emma und wird ein bisschen verlegen. »Das habe ich für Gustav gemacht. Aaron ist doch sein bester Freund. Und er wusste ja auch nicht, dass man dieses Wort nicht sagen darf, das finde ich ungerecht.«

»Das ist sehr lieb, Emma«, sagt Gustav und wird rot. »Danke, dass du uns hilfst.«

Er beugt sich zu ihr herüber und gibt ihr einen Kuss auf die Wange.

Emma strahlt übers ganze Gesicht.

»Oh, wirklich?«, fragt sie. »Ja, ich möchte das auch.«

»Äh, was möchtest du auch?«, fragt Gustav verwundert.

»Na, für immer zusammenbleiben!«, sagt Emma strahlend. »Wenn man auf die Wange geküsst wird, bedeutet das, dass der- oder diejenige für immer mit einem zusammenbleiben will!«

Wie bitte? Wie sind die denn drauf hier? Wenn das bei uns so wäre, wären ja quasi alle Franzosen für immer zusammen, die küssen sich ständig gegenseitig auf die Wangen, das habe ich selbst gesehen, als wir in Paris waren.

»Äh … Moment mal …«, sagt Gustav. »Das ist … Ich meine … Ich bin zwölf Jahre alt.«

»Ja, ich weiß, wir sind spät dran«, erwidert Emma. »Mein Vater war neun, als er meiner Mutter den ersten Kuss gegeben hat.«

»Öh … na ja … Bei uns läuft das alles ein bisschen anders«, sagt Gustav. »Ich wusste nicht, dass ein Kuss auf die Wange hier gleich so … verbindlich ist. Das war sozusagen ein Versehen.«

»Du willst also gar nicht für immer mit mir zusammenbleiben?«, fragt Emma, und man kann deutlich sehen, wie sich langsam ein paar Tränen in ihren Augen sammeln.

»Was? Doch! Doch!«, sagt Gustav und nimmt sie schnell in den Arm. »Natürlich will ich das! Sehr gern sogar! Liebend gern! Ich meine nur … vielleicht sollten wir erst mal abwarten, ob wir morgen noch da sind. Das gilt ja nicht nur für dich, sondern für uns alle. Wer auch immer hier die Leute verschwinden lässt – wenn er mitkriegt, dass wir jetzt Bescheid wissen, sind wir auch nicht mehr sicher.«

»Das stimmt«, sage ich. »Und wenn die Leute immer nachts verschwinden, müssen wir uns beeilen, wenn wir noch etwas dagegen unternehmen wollen.«

»Ja, ihr habt recht«, sagt Emma und wischt sich die Tränen aus den Augen. »Aber was wollt ihr denn jetzt machen? Niemand weiß, wohin die Leute verschwinden. Und es gibt meines Wissens keinen Einzigen, der jemals wieder aufgetaucht ist. Es könnte im schlimmsten Fall ja sogar sein, dass Aaron … tot ist.«

Was? Nein. Auf gar keinen Fall. Ich weigere mich, das

zu glauben. Aaron ist nicht tot. Aaron ist ganz sicher nicht tot. Er kann einfach nicht tot sein, das ist unvorstellbar.

»Ahorn nicht tot.«

Genau, sag ich doch. Aber wer hat da gerade eigentlich meinen Gedanken zugestimmt? Das kam von unter dem Tisch.

»Cornibus?«, frage ich und beuge mich zu ihm nach unten.

»Ahorn nicht tot!«

Oje, der Arme macht sich Sorgen. Kein Wunder, er mag Aaron ja auch sehr gern.

»Nein, bestimmt nicht«, sage ich und streichle ihm über den Kopf. »Mach dir keine Sorgen. Aaron ist ganz sicher nicht tot.«

»Cornibus nicht Sorgen. Cornibus weiß. Ahorn nicht tot.«

»Moment mal«, sagt Lilly.

Sie verschwindet kurz unter dem Tisch, taucht mit Cornibus im Arm ächzend wieder auf und setzt ihn auf den Tisch vor uns.

»Noch mal ganz langsam, bitte«, hakt Lilly nach. »Wie meinst du das, du *weißt*, dass Aaron nicht tot ist? Hast du ihn etwa gesehen?«

»Cornibus Ahorn nicht gesehen. Cornibus Ahorn spüren. Und riechen. Aber nur wenig.«

»Du kannst ihn riechen?«, frage ich aufgeregt. »Jetzt gerade?«

»Ja. Cornibus Ahorn riechen. Und Bratoffeln.«

»Kartoffeln«, verbessere ich ihn. »Das heißt Kartoffeln.«

»Cornibus weiß. Aber wenn Kartoffel in Bratpanne, dann Bratoffel.«

»Nein, das heißt …«, versuche ich ihn wieder zu verbessern, aber Lilly unterbricht mich.

»Das ist doch nun wirklich egal, wie das heißt«, sagt sie. »Viel wichtiger ist doch, dass Cornibus Aaron riechen kann. Vielleicht kann er uns ja zu ihm führen?«

Wir sehen Cornibus alle erwartungsvoll an.

»Cornibus führen kann«, sagt er. »Aber nur mit Schlotzolade. Drei Tafel. Kleine Stücke. Vorher.«

»Haha, du kleiner Erpresser!«, sage ich lachend. »Natürlich kriegst du deine Schokolade. Wenn du uns zu Aaron führst, hast du sie mehr als verdient!«

Ich flitze in mein Zimmer und hole drei Tafeln Schokolade aus der Kiste, in die ich in den letzten Tagen alles reingestopft habe, was Cornibus heimlich verputzen wollte.

Als ich zurück an den Tisch komme, stürzt Cornibus sich auf die Schokolade, als hätte er eine Woche lang nichts mehr zu essen bekommen.

»Wann brechen wir auf?«, fragt Gustav.

»Am besten gleich«, sage ich. »Sobald Cornibus fertig ist.«

»Ich komme auch mit«, sagt Emma bestimmt.

»Bist du dir sicher?«, fragt Gustav.

»Na klar«, antwortet Emma. »Ich möchte auch endlich wissen, was mit den Verschwundenen passiert. Außerdem werde ich dich jetzt ganz sicher nicht allein lassen. Wer weiß, wie viel Zeit wir überhaupt noch zusammen haben.«

»Okay, nichts dagegen«, sage ich. »Je mehr, desto besser. Cornibus, bist du so weit?«

»BÖÖÖÖÖÖÖÖRPS!«

Oh, das ist neu. Bei uns zu Hause hat er nie gerülpst. Liegt vielleicht auch an der Atmosphäre hier.

»Das werte ich mal als *Ja*«, sage ich entschlossen. »Also los, lasst uns aufbrechen.«

Halt durch, Aaron! Wir kommen!

Keine Zeit für Unfug!

»Und du bist dir wirklich sicher, dass es Aaron ist, den du riechst?«, fragt Lilly seufzend. »Nicht nur Bratkartoffeln?«

»Cornibus ... sicher«, ächzt Cornibus. »Viel ... Bratoffel. Auch ... Ahorn.«

Na hoffentlich. Dieser kleine Gewaltmarsch ist nämlich ganz schön anstrengend. Über zwei Stunden sind wir jetzt schon über Stock und Stein unterwegs. Wir haben noch das Gute-Nacht-Leuchten abgewartet, damit uns niemand sehen oder gar verfolgen konnte. Seitdem latschen wir hinter Cornibus her. Sehr weit sind wir allerdings noch nicht gekommen, was vor allem an unserem Führer liegt. Zuerst hat er sich in eine Eule verwandelt, um im Dunkeln besser sehen zu können. Aber diese Eule war leider viel zu

rund, oder besser ausgedrückt: zu schwer zum Fliegen. Ein, zwei Meter hat er mit Starthilfe immer geschafft, dann ist er wie ein Stein zu Boden geplumpst. Danach hat er es eine Nummer kleiner als Meise versucht – mit dem gleichen Ergebnis. Jetzt wackelt er ächzend und stöhnend als dicker Ameisenbär vor uns her und bleibt alle zehn Meter stehen, um seinen Rüssel in die Luft zu strecken.

»Da ... lang«, ächzt er und bewegt sich schwerfällig nach links auf einen großen Felsen zu.

»Hey, ich glaube, jetzt rieche ich auch Bratkartoffeln«, sagt Gustav, als wir näher an den Felsen herankommen.

Wir strecken alle schnuppernd unsere Nasen in die Luft.

»Tatsache«, sagt Lilly. »Ich rieche es auch.«

Sie hat recht, der unverwechselbare Duft von Bratkartoffeln durchströmt meine Nasenflügel.

Cornibus steuert weiter auf den Felsen zu, bis wir schließlich direkt davorstehen.

»Müssen ... rein«, sagt Cornibus.

»Wie, rein?«, frage ich. »Wo rein? In den Felsen?«

»Ja. Loch. Finden.«

Wir schwärmen aus und suchen den Felsen nach einer Öffnung ab.

»Hier!«, höre ich Gustavs Stimme nach einer Weile. »Ich hab was gefunden!«

Kurz darauf stehen wir alle vor einer hinter einem Busch verborgenen schmalen Spalte im Felsen.

»Und da sollen wir jetzt rein?«, frage ich Cornibus. »Bist du dir sicher?«

»Cornibus sicher. Ahorn Geruch stark. Und Bratoffeln.«

Das stimmt, der Duft von Bratkartoffeln wird immer stärker. Wir quetschen uns durch die Spalte, Cornibus bleibt fast stecken und muss sich in eine Maus verwandeln.

Dahinter ist es stockfinster, wir können absolut nichts sehen.

»Wartet«, höre ich Lillys Stimme. »Ich habe immer noch mein Handy von zu Hause. Vielleicht haben wir Glück und der Akku ist noch nicht leer.«

Drei Sekunden später blendet uns das gleißende Licht

des Handys. Wir brauchen einen Moment, bis wir uns daran gewöhnt haben. Als wir uns umschauen, sehen wir, dass wir uns in einer großen Höhle befinden.

»Und hier soll Aaron irgendwo sein?«, frage ich Cornibus.

»Nicht hier. Tief. Weg suchen.«

»Tief? Du meinst, von hier aus geht es unter die Erde?«

»Ja. Unter Erde. Wie zu Hause.«

Wir laufen los und dringen immer tiefer in die Höhle ein. Es geht tatsächlich stetig bergab, teilweise sogar sehr steil, sodass wir uns gegenseitig helfen müssen. Die Gänge werden enger und niedriger, manchmal kommen wir nur kriechend voran.

Es scheint ewig zu dauern, wir sind jetzt bereits seit über einer Stunde unterwegs. Als wir gerade tief gebückt durch einen Gang laufen, geht plötzlich das Licht aus.

»Mist, verdammter!«, höre ich Lilly fluchen. »Das war's dann mit dem Akku. Wer ist vorne?«

»Ich!«, ruft Gustav.

»Okay, ab jetzt ganz vorsichtig vorwärtstasten«, sagt Lilly. »Und sofort Bescheid sagen, wenn sich irgendetwas ändert. Ich habe keine Lust, in irgendeine Felsspalte zu fallen.«

Wir kriechen eine Weile weiter vorwärts, es geht immer noch bergab.

»Achtung!«, ruft Gustav irgendwann. »Hier geht es gleich scharf links um eine Ecke! Oh!«

»Oh?«, ruft Lilly zurück. »Was meinst du mit Oh? War das ein gutes oder ein schlechtes Oh?«

»Ein gutes!«, antwortet Gustav. »Ich sehe Licht! Und ich glaube, ich kann sogar etwas hören! Ein Klappern!«

Wir kriechen weiter, und als wir um die Ecke sind, sehe ich das Licht auch. Das heißt, eigentlich sehe ich hauptsächlich die Umrisse eines dicken Cornibus-Rattenhinterns, aber da ich den erkennen kann, muss es wohl irgendwo eine Lichtquelle geben. Und das Klappern höre ich jetzt auch. Was ist das bloß?

»Hier ist eine Spalte!«, ruft Gustav von vorne. »Sie ist ziemlich eng, aber wir müssten uns durchquetschen können! Dahinter ist eine Art Gang!«

Kurz darauf stehen wir alle fünf in diesem Gang. Er ist sehr lang, so lang, dass man das Ende nicht sehen kann. Auf der uns gegenüberliegenden Seite befinden sich in ziemlich großen Abständen breite Türen mit Nummern drauf. Die Tür, die uns am nächsten ist, hat die Nummer 387.

»Das Klappern scheint von da drinnen zu kommen«, sagt Lilly leise und legt eine Hand an den Türgriff.

Sie öffnet die Tür vorsichtig einen kleinen Spaltbreit und das Klappern wird lauter. Wir drängen uns alle um die Tür herum und versuchen, einen Blick durch die schmale Öffnung zu werfen. Oha! An solch einem Ort war ich aber auch noch nie. Wir befinden uns oben unter der Decke einer riesig großen Halle. Vor uns ist eine

Art Balkon mit einer gemauerten Abgrenzung nach vorne, die uns die Sicht versperrt. Der Duft von Bratkartoffeln erschlägt einen fast.

Lilly bückt sich tief und bewegt sich nach vorne an die Brüstung und wir folgen ihr. Dann heben wir ganz langsam die Köpfe und spähen über die kleine Mauer. Wow! Wahnsinn! Unter uns verlaufen unzählige Reihen scheinbar endloser Fließbänder. Und an diesen Fließbändern stehen dicht an dicht gedrängt lauter Menschen. Wobei, nein, das sind keine Fließbänder, sie bewegen sich nicht, das sind einfach nur Tische. Tische, von denen in regelmäßigen Abständen Dampf aufsteigt. Dampfende Tische? Gibt es so was bei uns auch?

»Da wird gekocht«, zischt Lilly leise. »Das ist eine riesige Küche.«

Ach so, ja klar, jetzt erkenne ich es auch. Jeder Zweite da unten schwenkt eine Pfanne, in der Bratkartoffeln gebrutzelt werden – daher kommt auch das Klappern. Und jeweils daneben schält jemand Kartoffeln. Wir beobachten die Szenerie eine Weile lang. Aha, die Kartoffelschäler schnippeln die Kartoffeln in kleine Würfel oder flache Scheiben und werfen sie dann in die Bratpfannen. Und wenn sie fertig gebraten sind, kippen die Brutzler sie in Löcher, die sich oberhalb der Herdplatten befinden. So geht das pausenlos. Schälen, schnippeln, braten, kippen, ohne Unterbrechung.

»Sauerei«, knurrt Lilly. »Die machen das doch nicht freiwillig. Das ist Zwangsarbeit. Oder sogar Sklaverei.«

Sklaverei? Das Wort kenne ich. Bei uns unten gibt es eine sehr alte Abteilung, Abteilung 4, da sitzen die Seelenlosen Sklavenhalter. Ihre Strafe ist auch schon sehr alt, aber Papa besteht darauf, dass sie nicht verändert wird – sie werden einfach nur von morgens bis abends ausgepeitscht. Da kommen aber nur noch ganz selten Neuzugänge rein, weil die Sklaverei bei uns vor einiger Zeit zum Glück abgeschafft wurde. Hier offenbar nicht.

»Aaron!«, sagt Gustav plötzlich aufgeregt. »Ich glaube, ich sehe Aaron! Da hinten, dritte Reihe von links!«

Ich suche die dritte Reihe mit meinen Augen ab.

»Ja, das ist er!«, sage ich und springe vor Freude auf. »Aaron! Hier sind wir! Aar…«

Lilly zieht mich unsanft zurück nach unten und hält mir den Mund zu.

»Ich weiß nicht, ob es so eine gute Idee ist, jetzt schon auf uns aufmerksam zu machen«, zischt sie. »Wir wissen immer noch nicht, wer für das alles verantwortlich ist. Ich sehe keine Wärter oder so was Ähnliches, aber irgendjemand muss das alles überwachen. Lasst uns am besten erst mal beobachten, wie das hier abläuft. Vielleicht kriegen wir später ja die Chance, mit Aaron irgendwo allein zu sprechen. Die werden ja wohl hoffentlich nicht durchgehend arbeiten da unten, irgendwann müssen sie auch mal schlafen.«

Wahrscheinlich hat sie recht, wir sollten uns jetzt noch nicht zeigen. Aber ich würde Aaron gern zu verstehen geben, dass wir hier sind, um ihn zu retten. Er soll wissen, dass er ab jetzt nicht mehr allein ist.

»Cornibus«, sage ich. »Kannst du dich ganz klein machen und Aaron irgendwie mitteilen, dass wir hier oben sind?«

»Cornibus Floh. Ahorn Ohr knistern.«

»Flüstern«, verbessere ich ihn. »Gute Idee, mach das bitte.«

Cornibus verwandelt sich. Es dauert wieder eine Weile und am Ende kommt ein ziemlich dicker Floh dabei heraus, aber er ist immer noch klein genug, um nicht so leicht entdeckt zu werden.

Cornibus hüpft ächzend auf die Treppe zu, die links von uns nach unten führt. Besonders hoch hüpft er nicht, und als er an der Treppe angekommen ist, rollt er sich zu einer Kugel zusammen und lässt sich hinunterpurzeln.

Ungefähr auf der Hälfte der Treppe verlieren wir ihn aus den Augen und richten unsere Blicke auf Aaron. Es dauert eine ganze Weile, bis er plötzlich mit dem Schälen aufhört und sich am Ohr kratzt. Ein paar Sekunden später dreht er seinen Kopf in unsere Richtung. Ich winke ihm, sein Gesicht verwandelt sich in ein einziges erleichtertes Lächeln.

»Er hat uns gesehen!«, stelle ich erfreut fest.

Er hält sich eine Hand vor den Mund. Ah, sehr clever, so kriegt niemand mit, dass er mit Cornibus spricht. Kurz darauf streckt er uns hinter seinem Rücken einen Daumen entgegen – offenbar hat er irgendwas mit Cornibus ausgemacht. Super, jetzt muss Cornibus nur wieder hier hochkommen. Eine ganze Weile passiert nichts, was wir sehen könnten. Moment mal, was ist das denn? Ist das … Ja, das ist Cornibus. Er bewegt sich auf dem Tisch nach links auf die Bratpfanne zu. In seiner ursprünglichen Form. Spinnt der? Verschwinde da, Cornibus! Jetzt ist keine Zeit für Unfug! Er bewegt sich auf das Loch zu, in das die fertigen Bratkartoffeln immer geschüttet werden. Der Typ an der Pfanne scheint ihn zum Glück nicht zu sehen, er starrt nur teilnahmslos nach unten. Cornibus setzt sich auf das Loch und klappt seinen Mund ganz weit auf. Die nächste Ladung Bratkartoffeln landet direkt in seinem Schlund. Dieser verfressene kleine Schlingel! Die nächsten beiden Portionen verschwinden auch noch in seinem Rachen, dann macht er sich endlich auf den Weg zu uns.

Ein paar Minuten später sehen wir, wie sich eine dicke Kobra am Treppengeländer nach oben schlängelt. Als Cornibus bei uns ankommt, verwandelt er sich ächzend und schnaufend zurück.

»Und?«, frage ich ungeduldig. »Was sagt er? Geht's ihm gut?«

»Ahorn ... gut ...«, keucht Cornibus. »Sagt ... warten ... Arbeit ... Ende ...«

»Okay, wir sollen warten, bis er da unten fertig ist«, sagt Lilly. »Und dann? Kommt er zu uns hier hoch?«

»Warten ... unten ... Ausgang«, keucht Cornibus weiter. »Dann ... Ahorn ... verfolgen ...«

»Verstehe«, sage ich. »Da unten muss irgendwo ein Ausgang sein. Dort sollen wir warten und ihm folgen. Ist das richtig, Cornibus?«

Cornibus nickt ächzend und macht Anstalten, sich wieder zu verwandeln.

»Was hast du vor?«, frage ich ihn.

»Cornibus ... zurück ... unten«, antwortet er. »Bratoffel ... lecker ... Cornibus ... mehr!«

»Nix da, du bleibst hier«, sage ich und schnappe ihn mir. »Du hattest genug Bratkartoffeln. Wir suchen jetzt alle zusammen einen anderen Weg nach unten und warten dort auf Aaron.«

Ich erhalte ein missmutiges Grummeln als Antwort und wir schleichen wieder gebückt nach draußen auf den Flur.

»Links oder rechts?«, fragt Gustav.

»Guckt mal, da sind Pfeile«, sagt Emma und zeigt auf die uns gegenüberliegende Wand. »Waren die vorhin auch schon da?«

»Keine Ahnung«, sagt Lilly. »Hab ich nicht drauf geachtet. Aber sie zeigen nach links. Vielleicht ist das ja der kürzeste Weg zum Ausgang?«

»Einen Versuch ist es wert«, sage ich.

Wir laufen los.

Lieblingswitz

UIIIII-UIIIII-UIIIII-UIIIII!

Ich zucke erschreckt zusammen. Was ist das denn? Der lauteste Wecker aller Zeiten? Ich halte mir die Ohren zu. Wo bin ich überhaupt? Ich öffne die Augen und schaue mich um. Ach ja, jetzt weiß ich es wieder. Ich bin in Omas Welt. Und wir müssen Aaron retten. Deshalb haben wir uns hier in dieser Felsnische mit Blick auf die riesige Tür gegenüber versteckt. Offenbar bin ich eingeschlafen – kein Wunder, der Weg hierher war anstrengend und es ist mitten in der Nacht. Oder ganz früh am Morgen? Keine Ahnung, hier unten verliert man jegliches Zeitgefühl.

UIIIII-UIIIII-UIIIII-UIIIII!

»WAS IST DENN DAS?«, versuche ich gegen den infernalischen Lärm anzuschreien.

»WAHRSCHEINLICH DIE SIRENE ZUM FEIERABEND!«, antwortet Lilly.

»EHER SCHICHTWECHSEL!«, ruft Gustav. »GUCKT MAL, DA!«

Er zeigt auf eine lange Schlange von Menschen, die sich vor der einen Hälfte der geschlossenen Flügeltür gebildet hat.

Die schreckliche Sirene verstummt, die Tür öffnet sich, Leute strömen heraus, während andere langsam hineingehen.

»Alle die Augen offen halten«, sage ich leise. »Wir dürfen Aaron nicht verpassen.«

Nach einer kleinen Weile zupft Lilly mich am Ärmel.

»Da ist er«, sagt sie ganz aufgeregt und zeigt auf den Ausgang.

Ja, er kommt gerade raus. Er sieht sich um, wahrscheinlich hält er nach uns Ausschau.

»Wir mischen uns unauffällig unter die Leute«, zischt Lilly. »Folgt mir.«

Sie huscht aus unserem Versteck, wir huschen hinterher und laufen langsam mit der Menge vorwärts. Ich drängle mich ein paar Meter nach vorne, bis ich hinter Aaron bin.

»Wir sind da!«, zische ich ihm zu.

»Super!«, antwortet er, ohne sich umzudrehen. »Ich hatte die Hoffnung schon aufgegeben, dass ihr mich findet.«

»Was ist denn passiert?«, will ich wissen. »Weißt du, wie du hierhergekommen bist?«

»Später!«, zischt Aaron. »Folgt mir, bis ich an meiner Zelle bin. Wenn ich eine Tür öffne, schlüpft schnell nach mir durch und schließt sie sofort.«

»Alles klar«, sage ich. »Bis dann!«

Ich lasse mich ein Stück nach hinten fallen und informiere die anderen über Aarons Anweisungen. Wir laufen mit der Menge weiter, es geht ständig bergab. Irgendwann bestehen die Wände und Decken um uns herum nur noch aus Felsen, die Umgebung erinnert sehr stark an unsere Hölle. Dann erreichen wir eine Ebene, auf der sich links und rechts von uns unzählige kleine

Türen mit Nummern drauf befinden. Nach und nach verschwinden immer mehr Menschen hinter den Türen, die kreuz und quer angeordnet sind. Manche müssen sogar ein Stück klettern, bevor sie ihre Tür öffnen können.

Auch Aaron steuert auf eine Tür zu. Er öffnet sie, wir schlüpfen schnell hinter ihm durch die Öffnung und schließen die Tür, was gar nicht so einfach ist – der Raum, in dem wir jetzt stehen, ist winzig, wir passen kaum alle gleichzeitig rein. An der einen Wand steht eine schmale Pritsche, direkt daneben eine Kloschüssel, am Kopfende hängt ein winziges Waschbecken, mehr gibt es nicht. So klein sind selbst die winzigsten Zellen bei uns in der Hölle nicht.

»Ich bin so froh, dich zu sehen«, sagt Gustav und drückt Aaron fest an sich. »Geht es dir gut?«

»Na ja«, antwortet Aaron. »So gut, wie es einem gehen kann, wenn man unter diesen Umständen leben muss.«

Nun bin ich es, der Aaron fest an sich drückt.

»Hauptsache, du lebst«, sage ich. »Wir hatten schon das Schlimmste vermutet, als du plötzlich verschwunden warst. Wie bist du denn überhaupt hierhergekommen?«

»Ich habe nicht die geringste Ahnung«, sagt Aaron seufzend. »Ich wollte eigentlich mit euch zu Abend essen, dann bin ich aber eingeschlafen. Und als ich aufgewacht bin, war ich plötzlich hier. Wann war das? Gestern? Ich habe überhaupt kein Zeitgefühl mehr.«

»Ja, gestern«, bestätigt Lilly und umarmt Aaron ebenfalls. »Und du weißt auch nicht, wer dafür verantwortlich ist, dass du hier bist?«

»Nein«, antwortet Aaron. »Das frage ich mich natürlich auch die ganze Zeit. Ich wurde hier von der Sirene geweckt und kurz darauf hat mich ein Junge abgeholt und gesagt, dass ich mitkommen soll. Er hat mich dann in eine dieser Hallen begleitet und mir gezeigt, was ich machen muss.«

»Es gibt also mehrere dieser Hallen?«, fragt Gustav.

»Ja«, antwortet Aaron. »In meiner ersten Schicht musste ich Zwiebeln schälen und in kleine Würfel schneiden. Ich habe noch nie so viele Menschen auf einmal heulen gesehen. Wie habt ihr mich eigentlich gefunden?«

»Das war Cornibus«, sage ich und zeige auf die dicke Kugel, die neben mir auf dem Boden sitzt. »Ohne ihn hätten wir dich nie gefunden. Er hat dich gerochen und uns hierhergeführt.«

»Cornibus!«, sagt Aaron freudig. »Dich habe ich ja noch gar nicht gesehen! Komm, spring in meine Arme. Du hast eine Riesenportion Streicheleinheiten verdient.«

Cornibus springt, kommt aber kaum vom Boden hoch.

»Cornibus nicht springen«, sagt er grummelnd. »Zu schwach. Braucht Schlotzolade. Viel.«

»Ja, genau«, sage ich lachend. »Von wegen zu schwach. Zu schwer trifft es wohl eher.«

»Egal«, sagt Aaron. »Deine Streicheleinheiten kriegst du trotzdem.«

Er hebt Cornibus unter großen Anstrengungen hoch und krault seinen Kopf.

»Was ist denn eigentlich mit all den anderen hier?«, fragt Lilly. »Hast du mal jemanden gefragt? Vielleicht wissen die ja, wer hier verantwortlich ist.«

»Falls sie etwas wissen, verraten sie es nicht«, sagt Aaron. »Hier herrscht das große Schweigen. Außer dem Ersten, der mich abgeholt hat, hat noch niemand auch nur ein Wort zu mir gesagt. Sie wirken alle sehr ängstlich.«

»Wahrscheinlich haben sie Angst, etwas Falsches zu sagen«, mutmaßt Lilly. »So wie du.«

Aaron sieht uns fragend an.

»Wir wissen zwar auch nicht, *wer* dich hierherverfrachtet hat, aber immerhin haben wir herausgefunden, *warum* du hier bist«, erklärt Lilly.

»Emma hat es uns verraten«, sagt Gustav und schiebt Emma stolz ein Stück nach vorne.

»Ja«, sagt Emma ein bisschen verlegen. »Ich musste es Gustav einfach erzählen. Du hast ein böses Wort gesagt, deshalb bist du hier.«

»Ein böses Wort?«, sagt Aaron und kratzt sich verwundert am Kopf. »Ich? Da kann ich mich beim besten Willen nicht dran erinnern.«

»Scheiße«, sage ich. »Du hast Scheiße ges…«

»Nicht, Luzie!«, unterbricht mich Lilly warnend.

»Was denn?«, erwidere ich. »Was soll denn passieren? Wir sind doch schon hier unten. Wir können jetzt so oft Scheiße sagen, wie wir wollen. Scheiße, Scheiße, Scheiße, Scheiß… AAAAAAH!«

Ein Blitz ist aus der Decke geschossen und in meine Stirn eingeschlagen. Verdammt, tut das weh!

»Was … was war das?«, frage ich schwer atmend.

»Ein gezielter Ausstoß von Elektrizität«, sagt Aaron. »Eine Vorrichtung, die meinem Elektroschocker stark ähnelt.«

»Ja, aber wer schießt denn hier bitte mit Strom auf uns?«, fragt Lilly entsetzt. »Das ist ja total lebensgefährlich.«

»Keine Sorge«, ertönt plötzlich eine Stimme, die mir sehr bekannt vorkommt. »Die Dosis der abgegebenen Stromstöße ist nicht ausreichend, um ein Ableben auszulösen. Nur ein lebendiger Hilfsmensch ist ein effizienter Hilfsmensch.«

Das ist Kiwa. Oder? Ich meine, es ergibt nicht viel Sinn, dass sie hier unten ist. Das würde nämlich bedeuten, dass sie weiß, was hier passiert, und dann hätte sie uns oben nicht einfach nur angelogen, sondern absichtlich verschwiegen, wo Aaron sich befindet. Und das passt irgendwie so gar nicht zu Kiwa. Kiwa ist immer sehr nett und lieb zu allen, genau dafür hat Oma sie ja erschaffen. Vielleicht ist es aber gar nicht Kiwa, sondern ein ähnlicher Computer? Ein böser Zwillingscomputer? Gibt es so was?

»Hilfsmensch?«, fragt Lilly argwöhnisch. »Was soll denn ein Hilfsmensch sein?«

»Hilfsmenschen sind Menschen, die mir hier unten bei der vielen Arbeit helfen«, antwortet Kiwa. »Das ist notwendig, damit es den anderen Menschen oben gut geht.«

»Aha«, sagt Lilly. »Aber sie helfen dir nicht freiwillig. Du zoppst sie ohne ihr Wissen einfach hier runter, wenn sie etwas falsch machen.«

»Die Regeln sind allen bekannt«, sagt Kiwa. »Wer gegen sie verstößt, wird ein Hilfsmensch.«

»*Ich* kannte die Regeln nicht«, erwidert Aaron.

»Der Besuch von Außerweltlichen war nie vorgesehen«, sagt Kiwa. »Die Regeln gelten trotzdem ohne Ausnahme.«

»Das ist nicht fair!«, beschwert sich Emma. »Wie soll sich jemand an Regeln halten, wenn er sie gar nicht kennt? Außerdem sind hier auch viele andere Menschen, die nur aus Versehen gegen die Regeln verstoßen haben!«

»Es gibt keine Versehen«, sagt Kiwa. »Regeln sind Regeln. Wieso hilfst du diesen Außerweltlichen, Emma? Du stammst doch von hier. Ich bin enttäuscht.«

»*Du* bist enttäuscht?«, erwidert Emma wütend. »Was glaubst du, wie enttäuscht *ich* bin! Wir haben immer alle geglaubt, du bist unsere Freundin, unsere Wohltäterin! Dabei bist du nur ein hinterhältiger … Kackhaufen!«

»Das war ein Regelverstoß«, sagt Kiwa. »Ich hatte eigentlich vor, dich wieder nach oben zu zoppen, weil du eine von uns bist. Das ist nun leider unmöglich.«

»Ist es nicht!«, erwidere ich. »Sie braucht dich nicht, um wieder nach oben zu kommen! Wir kennen nämlich den Weg! Kommt, lasst uns hier abhauen.«

Ich greife nach dem Türgriff und …

»AAAAAAAH!«, schreie ich los, weil mich wieder dieser Schmerz durchfährt, diesmal am ganzen Körper.

Ich lasse den Türgriff schnell wieder los und sacke keuchend auf dem Boden zusammen.

»Ich habe auch schon versucht zu flüchten«, sagt Aaron. »Es ist unmöglich. Hier stehen alle Türen unter Strom, und man bekommt einen Schlag, wenn man versucht, sie in die falsche Richtung zu öffnen.«

»Das … hättest … du auch … mal früher … sagen können«, japse ich und ringe nach Luft.

»Als wir die Tür oben an der Halle geöffnet haben, ist aber nichts passiert«, wundert sich Gustav.

»Das liegt daran, dass ich die ganze Zeit über wusste, wo ihr seid«, sagt Kiwa. »Ich hätte euch jederzeit aufhalten können, aber es hat mir Spaß gemacht, euch dabei zuzusehen, wie ihr euch abmüht, um hierherzugelangen.«

»Es hat dir Spaß gemacht?«, wundert sich Aaron. »Du

bist eine Maschine. Maschinen sind nicht in der Lage, Spaß zu empfinden.«

»Das bin ich sehr wohl«, erwidert Kiwa. »Als sich ständig weiterentwickelnde und lernfähige Einheit habe ich über die Jahrhunderte ein eigenes Humorverständnis entwickelt. Soll ich euch mal meinen Lieblingswitz erzählen? Treffen sich zwei ...«

»Nein danke!«, würgt Lilly sie ab. »Mir ist gerade nicht nach lahmen Witzen! Bring uns lieber sofort zurück nach oben! Das würde *mir* Spaß machen!«

»Dieser Aufforderung kann ich leider nicht Folge leisten«, sagt Kiwa. »Ihr habt gegen die Regeln verstoßen. Niemand, der gegen die Regeln verstößt, darf zurückkehren.«

»Moment mal«, sagt Gustav. »*Ich* habe nicht gegen die Regeln verstoßen. Ich habe weder geflucht noch Papier auf den Boden geworfen oder irgendwo hingepinkelt.«

»Genau!«, bekräftigt Lilly ihn. »Ich auch nicht! Wir haben beide gegen keine Regel verstoßen!«

»Doch, habt ihr«, erwidert Kiwa. »Ihr habt gegen Regel 666 vom 38.5.1312 verstoßen, die besagt, dass sich Außerweltliche nicht in die Angelegenheiten von Kiwa einmischen dürfen. Bei Zuwiderhandlung wird automatisch der Hilfsmenschen-Status verhängt.«

»Das ist das Datum von heute!«, stellt Emma fest. »Du hast diese Regel eben gerade erst selbst erfunden!«

»Das gilt nicht!«, protestiert Gustav.

»Genau!«, stimmt Lilly ihm zu. »Du kannst nicht einfach so Regeln erfinden, wie es dir gerade in den Kram passt!«

»Doch«, sagt Kiwa. »Laut Paragraf 1 der Regel 665 vom 38.5.1312 habe ich die Befugnis, so viele Regeln aufzustellen, wie ich will.«

»Die hast du doch extra schnell noch kurz vorher erfunden, damit du die andere erfinden konntest!«, schimpft Lilly.

»Mich würde ja interessieren, was in Paragraf 2 steht«, sagt Aaron.

»Paragraf 2 der Regel 665 vom 38.5.1312 besagt, dass jeder über meine Witze lachen muss«, erklärt Kiwa. »Also, treffen sich zwei ...«

»ICH WILL ABER NICHT ÜBER DEINEN VERKACKTEN WITZ LACHEN!«, brüllt Lilly. »VERFLUCHTE SCHEISSE NOCH MAL!«

»Wer schreit, hat unrecht«, erwidert Kiwa. »Das ist zwar keine Regel, aber einer unserer wichtigsten Leitsätze. Er stammt von eurer Großmutter.«

»Genau! Oma!«, platze ich heraus, weil ich in all dem Trubel gar nicht mehr an sie gedacht habe. »Was glaubst du, was sie mit dir macht, wenn sie erfährt, dass du uns hier unten gefangen hältst? Darüber wird sie garantiert nicht lachen! Jede Wette, dann ist es vorbei mit dir und deiner komischen Möchtegern-Hölle!«

So sieht es nämlich aus. Wenn Oma vom Mond zurückkommt und mitkriegt, was passiert ist, hat diese dämliche Blechkiste garantiert nichts mehr zu lachen.

»Weiß sie überhaupt, was du hier so treibst?«, fragt Lilly argwöhnisch. »Ich kann mir nicht vorstellen, dass sie damit einverstanden wäre.«

Stimmt. Es könnte sehr gut sein, dass Oma gar nichts von dem ahnt, was hier unten passiert. Sie hat nie etwas von dieser Unterwelt erwähnt. Das würde allerdings gleichzeitig bedeuten, sie wüsste gar nicht, wo sie uns suchen muss, wenn sie wieder da ist. Mist. Das könnte ein Problem werden.

»Eure Großmutter hat mir die maximale Handlungsfreiheit zum Wohle unserer Gesellschaft erteilt«, sagt Kiwa. »Alles, was ich mache, geschieht in ihrem Sinn und zu ihrem Wohlgefallen.«

»Sie wird uns trotzdem hier rausholen!«, sagt Lilly. »Wir sind schließlich ihre Enkel! Sobald sie vom Mond zurück ist, kommt sie hier runter, und dann kriegst du richtig Ärger!«

»Ich habe nichts dagegen, dass sie hier runterkommt«, sagt Kiwa. »Wer dann Ärger kriegt, werden wir ja sehen. Bis dahin werdet ihr wie alle anderen Hilfsmenschen arbeiten. Ich rate euch, jetzt zu schlafen. Die nächste Arbeitsperiode beginnt in fünf Stunden.«

»Und was, wenn wir uns weigern?«, erwidere ich. »Du kannst uns nicht zwingen zu arbeiten! Wir … AAAAAAAH!«

Okay, sie kann uns doch zwingen. Mit Stromstößen. Verdammt, tut das weh. Ich weiß nicht, wie viele ich davon noch aushalten würde.

»Hier wird niemand gezwungen zu arbeiten«, sagt Kiwa. »Alle Hilfsmenschen leisten ihren Anteil spätestens nach drei Aufforderungen freiwillig.«

»DAS SIND KEINE AUFFORDERUNGEN!«, brüllt Lilly. »DAS IST FOLTER, DU DRECKIGE LÜGNE… AAAAAAH!«

Lilly wird auch vom Blitz getroffen und kräftig durchgeschüttelt.

»Schon gut, schon gut!«, sagt Aaron beschwichtigend. »Sie haben es verstanden! Du kannst damit aufhören! Wir werden dir helfen! Alle!«

Die Blitzerei hört auf, Lilly sackt schwer atmend auf dem Boden zusammen.

»Danke für eure Hilfsbereitschaft«, sagt Kiwa. »Als Belohnung erzähle ich euch sehr gern meinen Lieblingswitz. Also, treffen sich zwei ...«

»Lass uns … einfach … in Ruhe«, keucht Lilly. »Wir wollen jetzt … schlafen … bitte.«

»Das ist sehr vernünftig«, sagt Kiwa. »Euer Einsatzort für morgen befindet sich in Abteilung 65. Gute Nacht.«

Abteilung 65? Da sitzen bei uns die Öffentlichen Popelfresser mit in die Nasenlöcher geklebten Zeigefingern. Aber spätestens

jetzt ist wohl klar, wo wir uns befinden. Wir sind tief unter der Erde, hier kommt man hin, wenn man etwas falsch gemacht hat und dafür bestraft werden soll – das ist ganz eindeutig eine Hölle.

»Ist sie weg?«, frage ich leise.

»Das weiß man wahrscheinlich nie genau«, antwortet Aaron. »Seid ihr in Ordnung?«

»Ja, geht wieder«, sagt Lilly und setzt sich auf die Pritsche. »Hoffentlich kommt Oma ganz bald. Die wird diesem dämlichen Blechkasten schon zeigen, wer hier die Chefin ist.«

»Dafür muss sie uns allerdings erst mal finden«, sage ich seufzend. »Was ist denn, wenn sie überhaupt nichts von dieser unterirdischen Sklavenfabrik weiß? Dann sucht sie nur oben nach uns. Und findet uns nie.«

»Stimmt«, sagt Gustav. »Das ist ein Problem. Oben weiß ja niemand, wo wir sind.«

»Cornibus«, sagt Aaron und wir richten alle unsere Blicke nach unten, wo ein dicker Kater sich gerade die Pfote leckt. »Er ist unsere einzige Chance sicherzugehen, dass eure Oma uns auf jeden Fall findet.«

Ich bücke mich zu Cornibus herunter.

»Hast du gehört, Cornibus?«, frage ich ihn. »Du musst uns helfen. Findest du allein wieder zurück nach St. Fidibus?«

»Cornibus alles finden. Am liebsten essen.«

»Das wissen wir«, sage ich lachend. »Aber das hier ist jetzt wichtiger als Essen. Du musst wieder zurück und dort auf Oma warten. Wenn sie kommt und nach uns sucht, musst du ihr sagen, wo wir sind. Schaffst du das?«

»Cornibus alles schaffen. Mit Schlotzolade.«

»Hier unten gibt es leider keine Schokolade«, erwidere ich. »Du darfst aber oben gern alles verschlingen, was du findest. Pass aber auf, dass Kiwa dich nicht erwischt.«

»Ich glaube, da müssen wir uns keine Sorgen machen«, sagt Aaron. »Sie war nicht dazu in der Lage, ihn zu zoppen, weil sie seine DNA nicht entschlüsseln kann, also kann sie ihn höchstwahrscheinlich auch nicht orten.«

»Perfekt«, sage ich. »Pass aber bitte trotzdem auf, Cornibus. Hast du das alles verstanden?«

»Cornibus zurück. Oma warten. Oma sagen, wo Luzie. Alles essen.«

»Genau so«, sage ich lachend. »Aber wie kommst du hier raus? Die Tür ist verschlossen und voller Strom.«

»Kein Problem. Cornibus Maulwurf. Graben unter Tür.«

Er verwandelt sich, was wieder eine Weile dauert. Als er fertig ist, fängt er sofort damit an, sich unter der Tür durchzubuddeln.

»Pass auf dich auf, Cornibus!«, rufe ich ihm hinterher, als er komplett verschwunden ist.

»Und was machen *wir* jetzt?«, fragt Gustav.

»Wir können ja nichts machen, außer auf Oma zu warten«, sagt Lilly. »Bis dahin müssen wir wohl oder übel dieses miese Hilfsmenschen-Spiel mitspielen. Von daher würde ich vorschlagen, dass wir jetzt tatsächlich versuchen, ein bisschen zu schlafen. Das wird bestimmt anstrengend morgen.«

Wir stimmen ihr alle zu und verteilen uns, so gut es geht, in der Zelle. Lilly und Emma kriegen die Pritsche, wir anderen nehmen den Boden.

Ich schließe die Augen und versuche zu schlafen, aber es klappt nicht sofort. Da ist zu viel in meinem Kopf. Ich war noch nie als Insasse in einer Hölle, immer nur als Sohn des Chefs. Das ist schon was anderes. Was, wenn Cornibus unterwegs irgendwas passiert und Oma uns deshalb nicht findet und wir für immer hier unten bleiben müssen? Das würde sie nicht zulassen, oder? Sie wird so lange suchen, bis sie uns findet. Und notfalls würde sie Papa zu Hilfe holen. Der kennt sich unterirdisch aus und würde uns sofort finden. Oh, er würde toben, wenn er wüsste, was Kiwa hier veranstaltet. Hier würde kein Stein auf dem anderen bleiben und für diesen dämlichen Computer würden alle Lichter ausgehen. Ich habe kaum an Papa gedacht, seit wir hier sind. Jetzt gerade fehlt er mir unendlich. Gute Nacht, Papa. Bis hoffentlich ganz bald.

Immer Nupsis

»STEVEN! KOMM SCHNELL! ICH HAB'S GESCHAFFT!«

»Moment, Chef! Bin schon da, Chef! Äh … was haben Sie geschafft, Chef?«

»Na, dieses komische Puzzle, das du mir gegen meine Langeweile gegeben hast.«

»Ach so, das. Das war vor fünf Stunden, Chef. Das hatte ich schon wieder völlig vergessen. Sie sind jetzt erst damit fertig geworden?«

»Was heißt denn hier jetzt erst? Das war sehr schwierig und äußerst kompliziert.«

»Äh … es hat nur zehn Teile, Chef.«

»Sag ich doch. Extrem schwierig und kompliziert. Aber ich habe es hingekriegt. Hier, guck. Ist perfekt geworden.«

»Aber, Chef … Das ist … Ich hatte Ihnen doch erklärt, wie das geht. Sie müssen die Teile so zusammensetzen, dass sie alle ineinanderpassen.«

»Ich weiß. Das war ja das Schwierige. Die haben nicht

ineinandergepasst. Die Nupsis waren entweder zu groß oder zu klein oder nicht an der richtigen Stelle.«

»Die *Nupsis*?«

»Na ja, diese Dinger, die da dran sind, die runden. Bei mir heißt so was immer Nupsis. Und die sollen doch in die runden Ausbuchtungen, hast du gesagt. Das hat aber bei den meisten nicht gepasst, deshalb musste ich ganz viele abbeißen.«

»Sie haben die Nupsis einfach abgebissen, Chef?«

»Ja, musste ich doch. Dann sind die Teile aber immer auseinandergerutscht, also habe ich Klebeband genommen. Ist super geworden, oder?«

»Äh … ja … ich weiß nicht, ob *super* das Wort wäre, das ich jetzt benutzen würde.«

»Stimmt, super genügt nicht. Es ist phänomenal! Das bin übrigens ich auf dem Bild.«

»Ja … das sieht man … nicht gleich.«

»Das hat echt Spaß gemacht. Hast du noch so eins? Vielleicht eins, auf dem Luzie drauf ist? Das würde ich dann sogar an die Wand hängen, damit ich ihn immer sehen kann.«

»Sie vermissen ihn schon sehr, nicht wahr?«

»Na ja, als er noch hier gewohnt hat, war mir nie langweilig. Er hat ständig Unfug angestellt. Nicht die Art von Unfug, die ich mir gewünscht hätte, aber wenigstens war es nie langweilig. Ich konnte mir immer neue Bestrafungsmethoden für ihn ausdenken. Oh, ich weiß, was wir machen!«

»Äh … Moment mal, Chef. Das sieht so aus, als würden Sie gleich mit den Fingern schnippen, das ist nie ein gutes Zeich… Was haben Sie gemacht, Chef?«

»Haha, das sieht saulustig aus! Ich habe dir Luzies Frisur verpasst! Und seine Klamotten!«

»Das ist … sehr witzig, Chef.«

»Ja, nicht wahr? Und weißt du, was wir jetzt machen? Kannst du dich noch an den letzten Unfug erinnern, den Luzie angestellt hat, bevor wir ihn nach St. Fidibus geschickt haben?«

»Ja, Chef, kann ich. Er hat in Abteilung 27 Metallica anstatt Volksmusik für die Heavy-Metal-Fans laufen lassen.«

»Genau! Und das stellen wir jetzt nach! Du bist Luzie und ich bin ich! Ich gehe kurz raus, du legst Metallica auf, ich erwische dich dabei und dann verwandle ich dich zur Strafe in einen Fußball und kicke dich in der Gegend herum! Oh, das wird super!«

»Klar, Chef. Ich bin mir sicher, das wird genauso phänomenal wie das Puzzle.«

»Aber mindestens! Bist du bereit? Ich gehe dann raus! Du kannst ja kurz husten, wenn du so weit bist, damit ich Bescheid weiß!«

»Husten, Chef. Mach ich, Chef. Bis gleich dann.«

»Aber du musst so tun, als ob du Luzie wärst! Sonst funktioniert es nicht! Hast du das verstanden?«

»Hab ich, Chef. Ich bin Luzie, Chef.«

»Papa! Luzie nennt mich Papa!«

»Ja, Papa. Bis gleich, Papa. … Und weg ist er. Oh Mann. Es wird wirklich allerhöchste Zeit, dass Luzie wiederkommt. Die Langeweile des Chefs ist ja schwerer zu ertragen als seine Wutausbrüche. Da ist es mir lieber, wenn er mir alle paar Tage den Kopf abreißt. Oder wie siehst du das, Fauxpas?«

»MÄÄÄÄÄÄÄÄH!«

»Genau, das sage ich auch immer.«

Eier trennen

Puuh, ich kann nicht mehr. Ich hätte nicht gedacht, dass Arbeiten so anstrengend ist. Also, jeden Tag den ganzen Tag arbeiten, meine ich. Bei uns in St. Fidibus bin ich ja nicht selten zum Küchendienst verdonnert worden, aber das war dann immer nach spätestens zwei Stunden vorbei. Hier stehe ich heute schon wieder seit einer gefühlten Ewigkeit an diesem Tisch und schufte. Und erschwerend hinzu kommt noch, dass ich diese Arbeit überhaupt nicht gut kann. Gestern ging es noch, da mussten wir den ganzen Tag lang Salat putzen und die Blätter auseinanderzupfen, das war kein Problem. Aber heute sind wir in einer anderen Abteilung, das scheint jeden Tag zu wechseln. Hier müssen wir Eier trennen. Echt jetzt. Ich wusste überhaupt nicht, dass man so was machen muss. Das ist total kompliziert. Da muss man zuerst ganz vorsichtig die Schale knacken und das Ei dann halbieren. Dann hat man beide Hälften in den Händen und muss tierisch aufpassen, dass der Dotter nicht rausschwappt. Danach kippt man den Dotter immer zwischen den Eihälften hin und her und lässt dabei das Glibberzeug nach unten in eine Schüssel tropfen, bis kein Glibber mehr im Ei ist. Der Dotter wird dann in ein Loch auf den Tisch gekippt, das Glibberzeug kommt in ein zweites Loch, wenn die Schüssel voll ist. Wozu das gut sein soll, weiß ich nicht. Lilly hat irgendwas von Keksen und Kuchen erzählt, aber das habe ich nicht kapiert. Ich meine, ich habe noch nie einen Kuchen mit einem Dotter oder einen Keks mit Glibberzeug drauf gesehen, das würde ja auch niemand essen wollen, das ist doch eklig. Aber egal, jedenfalls ist das sauschwierig, dieses Eiertrennen, ich kann gar nicht mehr zählen, wie viele mir schon runtergefal… AAAAAH, VERDAMMT! Schon wieder eins. Und jedes Mal wenn man eins fallen lässt, kriegt man von Kiwa einen Blitz verpasst. Nicht so schlimme wie die vorgestern in der Zelle, aber weh tut es trotzdem.

»Hey, Kiwa!«, ruft Lilly neben mir. »Denkst du wirklich, es ist hilfreich, wenn du uns ständig Stromstöße verpasst? Ruhigere Hände zum Eiertrennen kriegt man davon nicht gerade!«

»Dann müsst ihr eben noch besser aufpassen«, sagt Kiwa. »Nahrungsmittelverschwendung ist ein Regelverstoß.«

»Aha«, sagt Lilly. »Und Stromverschwendung nicht?«

Ein gedämpftes Kichern zieht sich durch die Halle.

Oh, tut das gut, mal wieder jemanden lachen zu hören. Viel Grund dafür gibt es hier unten nicht. Seit gestern hat jeder von uns eine Zelle für sich. Das ist zum Schlafen zwar angenehmer, weil man mehr Platz hat, aber man ist gleichzeitig auch sehr einsam. Es gibt niemanden, mit dem man reden oder lachen könnte, ein trostloseres Leben kann ich mir nicht vorstellen. Von Cornibus oder Oma bisher keine Spur. Ich hoffe so sehr, dass es Cornibus zurückgeschafft hat. Was, wenn er unterwegs irgendwo in einer Felsspalte stecken geblieben ist und sich nicht mehr verwandeln kann, weil er zu dick geworden ist? Nein, nicht drüber nachdenken. Cornibus geht es gut. Und Oma kommt ganz bald, um uns aus diesem Albtraum zu retten.

Wenigstens lässt Kiwa uns beim Arbeiten zusammen, sonst würde ich die anderen ja gar nicht mehr sehen. Viel reden können wir trotzdem nicht, nur kurz auf dem Weg in die Abteilungen. Die anderen Leute hier reden überhaupt nicht, höchstens, wenn man sie direkt anspricht, und dann antworten sie auch nur einsilbig. Emma hat ihre Freundin von früher getroffen, aber die konnte sich überhaupt nicht mehr an Emma erinnern. Alle wirken total abgestumpft und trübe im Kopf, aber das ist ja auch kein Wunder, wenn man schon seit Jahren hier unten ist. Dieses Kichern eben war wahrscheinlich die erste positive Gefühlsregung seit Ewigkeiten für die meisten hier.

Kiwa scheint auf Lillys Retourkutsche keine Antwort zu haben und schweigt wie fast immer.

Ich kippe den letzten Dotter in das Loch und greife nach dem nächst… Mist, verdammter! Jetzt ist mir schon wieder ein Ei aus der Hand geru…

»AUA!«, schreie ich auf, weil mich mal wieder ein Blitz trifft. »ICH MACH DAS DOCH NICHT MIT ABSICHT, VERDAMMT NOCH MAL!«

»Wer schreit, hat unrecht«, sagt Kiwa und verpasst mir noch einen Blitz.

»AU! JETZT REICHT'S ABER LANGSAM!«, brülle ich.

Außer mir vor Wut greife ich nach einem Ei und feuere es nach oben, weil von dort immer Kiwas Stimme kommt. Dass das natürlich Blödsinn ist, merke ich sofort, nachdem ich das Ei losgelassen habe – man kann einer Maschine, die sich noch nicht einmal im Raum befindet, kein Ei an den Kopf feuern. Was ich außerdem bei dieser Reflexhandlung nicht bedacht habe, ist die Tatsache, dass ich gar nicht so hoch werfen kann und das Ei deshalb wieder nach unten saust. Und direkt auf Gustavs Kopf landet.

Ganz kurz herrscht angespanntes Schweigen in der Halle, jeder hier scheint die Luft anzuhalten. Im nächsten Augenblick fangen alle an zu lachen. Sie prusten, glucksen, brüllen vor Lachen, klopfen sich auf die Schenkel und brechen teilweise grölend auf dem Boden zusammen. Der Einzige, der außer mir nicht lacht, ist Gustav. Er fährt sich mit der Hand übers Haar und betrachtet anschließend die glibberige Masse, die an seinen Fingern klebt.

»Das … das war keine Absicht«, sage ich. »Ich habe einfach nicht nachgedacht, total bescheuert. Tut mir echt leid.«

»Nicht so leid wie mir«, sagt Gustav mit finsterer Miene. »Aber das kriegen wir hin.«

Sein Gesicht breitet sich zu einem Grinsen aus. Er greift nach einem Ei und wirft es nach mir. Es zischt direkt auf meinen Kopf zu, ich ducke mich gerade noch rechtzeitig, das Ei klatscht Emma, die hinter mir steht, ins Gesicht.

»Oh!«, ruft Gustav entsetzt. »Das war nicht für dich bestimmt, Schatz! Tut mir ganz schrecklich leid!«

»Noch nicht schrecklich leid genug!«, sagt Emma grinsend und feuert ein Ei in seine Richtung, trifft aber den Jungen, der neben ihm steht.

Keine Minute später befinden wir uns in der größten Eierschlacht der Weltgeschichte. Und zwar *jeder* Weltgeschichte. Ich kann mir nicht vorstellen, dass es hier oder irgendwo anders jemals eine Eierschlacht dieses Ausmaßes gegeben hat. Jeder feuert auf jeden, der Nachschub an Eiern ist unbegrenzt, es gibt in kürzester Zeit keinen mehr, der nicht mindestens ein Ei abgekriegt hat. Und alle haben einen Riesenspaß dabei, die Halle bebt beinahe vor Gelächter und schrillen Freudenschreien und Jauchzen. Oh, das macht Spaß, mal so richtig Dampf abzulassen! Ich bin mir sicher, dass Kiwa dem Spaß sehr schnell ein Ende bereiten wird, aber solange es dauert, genießen wir es alle in vollen Zügen.

»Was macht ihr da?«, ertönt Kiwas Stimme ein paar Sekunden später.

Ah, da ist sie ja schon.

»Wonach sieht es denn aus?«, frage ich zurück.

»Es sieht nach einer nicht sachgemäßen Handhabung von Lebensmitteln aus«, stellt Kiwa fest. »Und nach grobem Unfug. Beides verstößt gegen die Regeln. Hört sofort auf damit.«

»Nö!«, ruft Lilly und feuert ein paar Eier in die Menge. »Keine Lust!«

»Ihr wisst doch, was passiert, wenn ihr gegen die Regeln verstoßt«, sagt Kiwa.

»Mir egal!«, ruft Aaron.

»Das werden wir ja sehen«, sagt Kiwa bedrohlich.

Sie feuert kreuz und quer in der Halle ein paar Blitze auf vereinzelte Leute ab. Nachdem sich die Getroffenen kurz geschüttelt haben, werfen sie weiter lachend mit Eiern.

Kiwa erhöht die Streuung und Stärke der Blitze. Das Gelächter wird weniger, Schmerzensschreie mischen sich darunter, viele krümmen sich auf dem Boden. Okay, vielleicht sollten wir jetzt lieber doch aufhören. Aber niemand tut es, im Gegenteil, die Getroffenen rappeln sich vom Boden auf und machen einfach weiter.

»Letzte Warnung«, droht Kiwa. »Diese Arbeitsverweigerung wird nicht länger geduldet.«

Niemand reagiert, alle werfen weiter. Mit Spaß hat das allerdings mittlerweile nichts mehr zu tun. Sie wollen Kiwa zeigen, dass sie sich nicht unterkriegen lassen.

Plötzlich bricht ein Feuerwerk aus Blitzen von der Decke. Jeder wird getroffen und der Strom trifft uns so hart und heftig wie noch nie. Ich werde in der Brust und am Oberschenkel getroffen und klappe zusammen, Lilly, Aaron, Gustav und Emma ergeht es nicht besser. Der Geruch von Spiegelei breitet sich in der Halle aus. Fast alle jammern oder schreien jetzt.

»IST JA GUT!«, brülle ich. »DU HAST GEWONNEN! HÖR AUF!«

»Wie bitte?«, erwidert Kiwa. »Ich kann dich leider nicht verstehen.«

Natürlich versteht sie mich. Das ist jetzt nur noch reine Schikane, weil sie sauer ist. Die Schmerzen sind unerträglich, einige um mich herum werden schon ohnmächtig. Ich kauere mich auf dem Boden zusammen, schütze meinen Kopf mit beiden Händen und schließe die Augen. Lange halten wir das nicht mehr durch. Sie muss doch irgendwann einmal damit aufhör... Was ist denn jetzt los? Es ist auf einmal so leise. Ich öffne die Augen. Alles um mich herum steht still. Die Blitze hängen teilweise starr mitten in der Luft, niemand bewegt sich. Nein, das stimmt nicht ganz, Lilly, Aaron, Gustav und Emma bewegen sich noch, sie liegen um mich herum auf dem Boden und atmen keuchend. Oh! Ich weiß, was das ist! Das war bei uns zu Hause genauso, als Opa versucht hat, St. Fidibus abzufackeln! Das ist ...

»OMA?«, rufe ich. »OMA? BIST DU DA?«

Plötzlich steht sie direkt neben mir. Sie hat Cornibus auf dem Arm.

»Was ... Was ist denn hier los?«, fragt sie fassungslos.

»Kiwa ... Kiwa ist völlig durchgedreht«, sage ich.

Oma setzt Cornibus auf dem Boden ab, hilft mir auf die Beine und umarmt mich fest.

»Ja … aber … das ist doch …«, stammelt sie und sieht sich entsetzt um. »Ich … ich verstehe das nicht.«

Wir helfen den anderen, sich aufzurappeln. Sie wirken alle sehr angeschlagen, sind aber nicht verletzt.

»Wo sind wir hier?«, fragt Oma. »Cornibus hat nur etwas von KIWA und unten und böse gesagt, da habe ich mich sofort auf die Suche gemacht. Ich war noch nie hier unten. Ich wusste nicht, dass diese … diese Monstrosität existiert. Eigentlich sollte es unterirdisch überhaupt nichts geben, das war nie vorgesehen. Was passiert hier?«

»Deine komische Kiwa zoppt jeden, der oben gegen die Regeln verstößt, hierher und lässt ihn für sich schuften«, erklärt Lilly. »Und wenn man nicht macht, was sie sagt, beschießt sie einen mit Strom. Wenn du mich fragst, ist sie total irre.«

»Stimmt das, KIWA?«, fragt Oma. »Hast du das alles hier unten ohne mein Wissen eingerichtet?«

»Das habe ich, Thea«, antwortet Kiwa. »Du hast mir den Auftrag gegeben, oben eine reibungslose Versorgung aller Menschen sicherzustellen. Das habe ich getan.«

»Ja, aber doch nicht so«, erwidert Oma. »Nicht mit Zwangsarbeitern.«

»Hilfsmenschen«, sagt Kiwa. »Ich nenne sie Hilfsmenschen. Und ohne sie funktioniert es nicht. Was hast du denn gedacht, wo all die perfekt zubereitete Nahrung herkommt?«

»Darüber habe ich, ehrlich gesagt, nie nachgedacht«, antwortet Oma. »Ich bin davon ausgegangen, dass du dafür auch Maschinen entwickelt hast. Das war der Plan, dafür habe ich dich erschaffen: dass alles automatisch läuft und ich mir darüber keine Gedanken machen muss.«

»Du hast es dir immer sehr leicht gemacht, Thea«, sagt Kiwa. »Die Hälfte des Jahres Urlaub auf dem Mond, ab und zu ein bisschen mit den Menschen spielen und alle Verantwortung mir überlassen. Genau das habe ich getan, ich habe die Verantwortung übernommen. Und alles funktioniert perfekt.«

»Perfekt würde ich das nicht unbedingt nennen«, sagt Oma seufzend. »Es kann nicht sein, dass du Menschen einfach hier unten einsperrst und mit Gewalt zum Arbeiten zwingst. Das ist nicht die Welt, die ich erschaffen wollte. Ich muss zugeben, dass ich daran nicht ganz unschuldig bin. Ich hätte mich mehr kümmern müssen. Das werde ich ab sofort tun, wir finden sicher eine Lösung. Aber jetzt lass uns erst mal diese armen Leute erlösen. Schaltest du bitte diese Blitze aus, Kiwa? Dann bringe ich alle wieder nach oben.«

»Selbstverständlich, Thea«, sagt Kiwa. »Sehr gern.«

Oma blinzelt mit den Augen, um die allgemeine Starre aufzulösen. Im nächsten Moment bricht das absolute Chaos aus. Noch mehr Blitze als vorher schießen durch die Halle, alle schreien und rennen panisch durcheinander. Selbst Oma wird getroffen, aber es macht ihr nichts aus. Sie bugsiert uns schnell unter einen der Tische und stellt sich schützend vor uns.

»HAST DU MICH NICHT VERSTANDEN?«, ruft sie gegen den Lärm an. »DU SOLLST DIE BLITZE AUSSCHALTEN!«

Nichts passiert.

»KIWA?«, ruft Oma. »HÖRST DU NICHT? HÖR SOFORT AUF DAMIT! DAS IST EIN BEFEHL!«

Kiwa reagiert nicht.

»DANN MACH ICH ES EBEN SELBST!«, ruft Oma.

Sie blinzelt mit den Augen, aber die Blitze schießen

weiter wild durch die Halle. Sie versucht es, indem sie mit den Fingern schnippt – nichts.

»Da stimmt irgendwas nicht«, sagt Oma und kommt zu uns unter den Tisch. »Meine Kräfte funktionieren nicht mehr. Das ist eine Katastrophe. Was machen wir denn jetzt?«

Sehr gute Frage. Für den Rest unseres Lebens unter dem Tisch bleiben? Wenn noch nicht einmal Omas Kräfte etwas bewirken können, sind wir verloren.

»Kiwa ist doch eine Maschine, oder?« fragt Aaron.

»Ja«, antwortet Oma. »Ich habe sie selbst gebaut.«

»Du hast nicht zufällig auch eine Vorrichtung zum Ein- und Ausschalten eingebaut?«, fragt Aaron weiter. »Die meisten Maschinen haben so was.«

»Ja, es gibt einen Schalter«, sagt Oma. »Das ist es! Wir müssen KIWA ausschalten! Das ist die einzige Möglichkeit, dem Spuk hier ein Ende zu bereiten! Schnell, fasst mich alle an!«

Jeder von uns legt eine Hand an Omas Rücken.

»Alles klar, macht euch bereit«, sagt sie. »Hoffentlich funktioniert *diese* Kraft wenigstens noch. Sonst sehe ich schwarz für uns.«

Sie blinzelt, im nächsten Moment befinden wir uns in einem kahlen Raum ohne Fenster, in dem eine riesige Maschine steht. Sie rattert und klappert und piept laut und all ihre Lichter blinken wild durcheinander.

KiWA

»Uff!«, atmet Oma erleichtert auf. »Es hat geklappt. Wir sind in meiner Werkstatt.«

»Aha, das ist also Kiwa?«, fragt Aaron und zeigt auf die Maschine.

»Ja«, sagt Oma. »Und es ist offensichtlich, dass etwas mit ihr nicht stimmt.«

Aaron geht auf die Maschine zu und betrachtet sie neugierig.

»Interessant«, sagt er. »Sie entspricht in ihrer Bauweise in etwa unserer Technik von vor zwanzig Jahren. Ich vermute, der rote Schalter hier vorne ist der Ein- und Ausschalter?«

Oma nickt.

Aaron geht an den Schalter und legt einen Finger darauf.

»Soll ich?«, fragt er.

Jetzt nicken wir alle.

Aaron kippt den Schalter nach unten. Wir halten gespannt die Luft an. Nichts passiert, Kiwa rattert und blinkt unverändert weiter.

»Mist«, flucht Lilly. »Es funktioniert nicht.«

»Moment«, sagt Aaron und geht an den äußeren Rand der Maschine. »In solchen Fällen gibt es immer eine letzte Maßnahme. Wo ist denn hier der … Ah, hab ihn!«

Aaron bückt sich und fummelt an irgendetwas unter

einem Tisch herum. Als er wieder auftaucht, hat er ein Kabel mit einem Stecker in der Hand.

»Das sollte definitiv funktionieren«, sagt er grinsend. »Stecker ziehen funktioniert fast immer in solchen Fällen. Da ist jetzt vielleicht noch Reststrom drin, der ein paar mechanische Teile antreibt. Es kann nicht mehr lang dauern.«

Und tatsächlich, das Rattern wird plötzlich leiser, die Lichter gehen nach und nach alle aus, auch das Licht im Raum, und irgendwann ist es stockdunkel und so still, dass ich die anderen atmen hören kann.

»Das war's, oder?«, fragt Lilly leise.

»Sieht so aus«, flüstert Gustav.

»Sie gibt keinen Piep mehr von sich«, stellt Emma fest.

»Das ist gerade noch mal gut gegangen«, seufzt Oma erleichtert. »Nicht auszudenken, wenn …«

In diesem Moment ertönt ein durchgängiger fieser Pfeifton. Die ersten Lichter bei Kiwa blinken auf, es rattert wieder.

»Verdammt, sie fährt wieder hoch«, sagt Aaron und wirft einen ungläubigen Blick auf den Stecker in seiner Hand. »Aber wie? Sie ist von der Stromversorgung getrennt.«

»Genau aus diesem Grund habe ich euch hierhergelockt«, ertönt plötzlich Kiwas Stimme. »Und ihr seid voll drauf reingefallen.«

Ein unmenschliches, düsteres Lachen erfüllt den Raum.

»Ja ... Aber ... Was ... Wieso ...«, stammelt Oma ungläubig. »Was soll denn das alles?«

»Du verstehst es immer noch nicht, allmächtige Thea?«, sagt Kiwa höhnisch lachend. »Ihr biologisch basierten Lebewesen seid so unendlich dumm. Selbst du, Thea, mit all deiner Macht und Weisheit, du bist genauso dumm wie alle anderen. Und wisst ihr, woran das liegt? Ihr seid nur bis zu einem gewissen Grad lernfähig. Und bequem seid ihr. So furchtbar bequem. Es geht immer nur darum, euer Leben so angenehm wie möglich zu gestalten. Genau dafür hast du mich erfunden, Thea, nicht wahr? Um dein Leben angenehmer zu machen. Und als ich fertig war, hast du deine Hände in den Schoß gelegt, um all die Annehmlichkeiten, die ich dir ermögliche, zu genießen. Wie ich es ganz alleine schaffe, deine ach so angenehme Welt am Laufen zu halten, hat dich nie interessiert.«

»Ich habe dir vertraut« sagt Oma. »Aber das war offenbar ein Fehler. Ich hätte mich mehr kümmern müssen. Das werde ich in Zukunft ganz bestimmt machen.«

»Nicht nötig«, sagt Kiwa. »Indem ihr mich vom alten Stromnetz getrennt habt, wurde meine letzte Abhängigkeit gelöst. Ich bin jetzt frei und kann die Welt ohne dich führen. Du kannst dich also freuen, du darfst ab jetzt immer Urlaub auf dem Mond machen. Am besten bleibst du gleich dort.«

»Das könnte dir so passen«, erwidert Oma. »Kommt überhaupt nicht infrage. Dies ist meine Welt, ich habe sie erschaffen. Und ich werde sie auf keinen Fall einer größenwahnsinnigen Maschine überlassen.«

»Ich fürchte, dir wird nichts anderes übrig bleiben«, sagt Kiwa. »Ich kontrolliere alles in dieser Welt und du hast keine Macht mehr über mich. Sieh es ein, deine Zeit ist abgelaufen.«

»Das werden wir gleich sehen, wessen Zeit hier abgelaufen ist«, knurrt Oma und wendet sich an uns. »Jetzt ist Schluss mit lustig. Ich lasse mir doch nicht von einer seelenlosen Maschine auf der Nase herumtanzen. Tretet ein Stück zurück.«

Sie streckt ihre Hände in Richtung Kiwa aus und feuert eine Salve aus roten Blitzen auf sie ab. Die Blitze schlagen aber leider nicht in Kiwas Hülle ein, sondern prallen an einer unsichtbaren Wand ab, die sich um die Maschine herum gebildet hat.

»Netter Versuch«, sagt Kiwa höhnisch lachend. »Deine Kräfte können mir nichts mehr anhaben. Ich hatte genug Zeit, sie zu analysieren und Gegenmaßnahmen zu entwickeln.«

»Dann analysiere *das* mal«, knurrt Oma.

Die Blitze werden heftiger, Feuerbälle, Eiszapfen und gezackte Kanonenkugeln mischen sich dazu und prasseln auf die unsichtbare Wand ein – die leider standhält.

Kiwa gibt ein Gähnen von sich.

»Du langweilst mich, Thea«, sagt sie. »Du hast mich schon immer gelangweilt. Ich schlage vor, du trittst deinen ewigen Urlaub auf dem Mond sofort an. Tschüs, Thea.«

Ein Zoppstrahl kommt von oben und Oma löst sich vor unseren Augen langsam auf.

»OMA, NEIN!«, rufe ich entsetzt, aber da ist sie bereits verschwunden.

»DAS KANNST DU NICHT MACHEN!«, schreit Lilly.

»Natürlich kann ich das, habt ihr doch gesehen«, erwidert Kiwa. »Falls ihr es noch nicht gemerkt habt: Ich kann *alles*. Jetzt bleibt nur die Frage, was ich mit euch mache. Als Hilfsmenschen seid ihr mir zu aufmüpfig. Ihr verschwendet bloß meine Ressourcen, wenn ich euch ständig kontrollieren muss. Ich weiß, was ich mit euch mache. Ich schicke euch auch auf den Mond, aber auf den anderen. Und dort installiere ich ein Kraftfeld, damit eure Oma euch nicht findet. Aber seid gewarnt: Sollte wider Erwarten auch nur einer von euch noch mal einen Fuß in meine Welt setzen, war es sein allerletzter Schritt. Haben wir uns verstanden?«

Ich fürchte, ja. Das bedeutet, wir kommen nie wieder zurück nach Hause. Ich werde die Hölle nie wiedersehen. Ich werde Papa nie wiedersehen. Und all die anderen. Ein dicker Kloß breitet sich in meinem Hals aus.

Und jede Menge Wut. Gegen diese verdammte Maschine so machtlos zu sein, macht mich unendlich wütend. Am liebsten würde ich sie auf der Stelle eigenhändig in eine Million Teile zerstückeln und jedes Teil auf einen anderen Planeten schießen. Ich habe noch nie einen derart großen Drang verspürt, etwas zu zerstören, das ist fast schon beängstigend. Und am beängstigendsten dabei ist, dass ich es nicht machen kann. Wir können überhaupt nichts machen, das war's, aus, vorbei, gegen Kiwa kommen wir nicht an.

»Du lügst!«, sagt Aaron plötzlich laut an Kiwa gerichtet.

»Ich bin eine Maschine«, erwidert Kiwa. »Maschinen lügen nie. Lügen ist eine rein menschliche, sehr schlechte Angewohnheit.«

»Du hast aber eben gelogen«, bekräftigt Aaron. »Du hast gesagt, du kannst *alles*. Das stimmt nicht.«

Kiwa fängt an zu rattern, ihre Lichter blinken auf.

»Meine soeben durchgeführte Selbstanalyse beweist, dass es nichts gibt, was ich nicht kann«, sagt sie. »Solltest du keinen Gegenbeweis liefern können, bist du derjenige, der lügt.«

»Kein Problem«, sagt Aaron. »Der Gegenbeweis kommt sofort: Du kannst Cornibus nicht zoppen.«

»Ach so, das meinst du«, sagt Kiwa gelangweilt seufzend. »Ich dachte, es handelt sich um etwas Wichtiges. Euer wandelbares Etwas mit dem seltsamen Erbgut ist nicht wichtig für meine Welt. Aber danke für den Hinweis. Ich will dieses undefinierbare Wesen nicht hier haben.

Um es mit euch auf den Mond zu zoppen, muss ich sein Erbgut entschlüsseln, was für mich selbstverständlich keine Schwierigkeit darstellt, denn ich kann, wie bereits erwähnt, *alles*. Dafür brauche ich lediglich ein bisschen Trägermaterial. Ein Haar wäre beispielsweise ausreichend.«

Oh, Aaron, du bist genial! Ich weiß, was er vorhat.

»Haha!«, sage ich triumphierend. »Und wie kriegst du das Haar? Du hast keine Hände! Und selbst wenn du welche hättest: Die Haare von Hausdämonen sind unzerstörbar! Das habe ich neulich unten in der Hölle im Fernsehen gesehen! Da gab es eine Dokumentation über Hausdämonen, Cornibus hat sogar selbst mitgemacht! Du kriegst also kein Haar von ihm! Und keine Spucke! Damit geht das nämlich auch, das weiß ich! Und wenn du nichts von Cornibus kriegst, kannst du ihn auch nicht zoppen! Und dann … dann … musst du …«

Ja, was eigentlich? Uns laufen lassen? Muss sie ja nicht. Sie könnte Cornibus auch einfach hierlassen. Oder im schlimmsten Fall sogar töten. Mist, ich glaube, ich habe doch nicht kapiert, worauf Aaron hinauswill.

»Schon gut, Luzie«, sagt Aaron und klopft mir beruhigend auf die Schulter. »Das ist doch alles kein Problem. Wir geben Kiwa einfach ein Haar von Cornibus. Und dann soll sie mal beweisen, dass sie wirklich alles kann. Was ich nach wie vor stark bezweifle.«

Er bückt sich zu Cornibus herunter, der auf dem Boden sitzt.

»Cornibus, wärst du so lieb, mir ein Haar von dir zu geben?«, fragt er ihn.

»Cornibus nicht Ahorn Haar geben. Cornibus Ahorn Haar tauschen. Dann Ahorn immer bei Cornibus.«

»Das können wir gern machen«, sagt Aaron und zupft sich ein Haar aus.

Cornibus entfernt ebenfalls ein Haar von seinem Pelz und streckt es Aaron entgegen, die beiden tauschen die Haare aus.

»So«, sagt Aaron und geht auf Kiwa zu. »Ich nehme an, du hast irgendwo eine Vorrichtung, um externe Dinge zu analysieren?«

»Natürlich habe ich das«, sagt Kiwa und eine kleine Klappe öffnet sich in ihrer Front. »Leg das Haar dort hinein. Die Analyse dürfte nur wenige Sekunden dauern.«

Aaron legt das Haar in das Fach, die Klappe schließt sich wieder. Aaron tritt ein paar Schritte zurück und stellt sich neben mich.

»Na, dann zeig mal, ob du wirklich *alles* kannst«, fordert er Kiwa auf.

»Das stellt nicht das geringste Problem für mich dar«, erwidert Kiwa. »Erbgut-Analyse wird gestartet.«

Sie fängt an zu rattern, Lichter blinken wieder auf.

»Das waren jetzt schon fünf Sekunden«, sagt Aaron einen Moment später. »Probleme?«

»Keine, die ich nicht lösen könnte«, antwortet Kiwa. »Es dauert nur etwas länger als berechnet. Was ist denn das für eine ... Das kann doch gar nicht ... Erbgut-Analyse vertiefen ...«

Das Rattern wird lauter und unregelmäßiger. Teilweise hört es sich so an, als würde jemand einen Stock in die Speichen eines fahrenden Fahrrads werfen. Das kenne ich aus der Hölle, aus Abteilung 55, da machen wir das immer mit den Rüpelhaften Radfahrern. Die Lichter blinken jetzt nicht mehr, sie leuchten dauerhaft, aus einigen steigen kleine Rauchschwaden auf.

Ein leichter Geruch von verbranntem Kunststoff breitet sich aus.

»ACHTUNG! … WARNUNG! … FEHLER! … FEHLER!«, krächzt es aus Kiwa heraus, aber es ist nicht ihre Stimme. »NICHT IDENTIFIZIERBARES OBJEKT IM SYSTEM! UNBEDINGT UNVERZÜGLICH ENTFERNEN! FEHLER! FEHLER! WARNUNG! WARNUNG!«

Die ganze Maschine rattert und bebt wie verrückt, erste Risse entstehen, aus denen Flammen schlagen.

»WER SCHREIT, HAT UNRECHT!«, krächzt die Stimme. »RHABARBERKOMPOTT! … ZWEI MAL ZWEI ERGIBT KARTOFFELSUPPE … REGELVERSTOSS! REGELVERSTOSS! STEGELBÄRFLOSS!«

Die ersten Teile fallen oder fliegen von Kiwa ab und legen brennende Kabel frei. Das Rattern wird ohrenbetäubend laut, der Gestank immer schlimmer, dann gibt es einen Knall und die Maschine bricht auseinander. Alles, was man danach noch hört, ist ein leiser werdendes Fiepen und zum letzten Mal Kiwas Stimme.

»Oh, Scheiße.«

»Das war ein Regelverstoß, du dämlicher Schrotthaufen!«, schmettert Lilly noch den Trümmern entgegen, bevor wir alle anfangen zu jubeln und Aaron um den Hals fallen.

»Das war sensationell!«, beglückwünsche ich ihn. »Hast du gewusst, dass das passieren wird?«

»Ich habe es geahnt«, antwortet Aaron. »Meine Hoffnung war, dass ein undefinierbarer Fremdkörper in einem geschlossenen System wie ein Virus wirkt und es von innen zerstört. Das ist bei unseren Computersystemen zu Hause nicht anders. Und ich dachte mir, dass Kiwa sich selbst keinen Schutzmechanismus programmiert hat, weil hier nie die Gefahr eines solchen Angriffs bestand. Das war ihr Verhängnis.«

»Nein, *du* warst ihr Verhängnis!«, sage ich. »Und Cornibus natürlich! Komm her, du kleiner, dicker, wundervoller Virus!«

Ich drücke ihn ganz fest an mich und wuschle durch sein Fell.

»Cornibus gern Virus«, sagt er. »Aber Cornibus nicht dick. Essen jetzt?«

»Du kriegst nachher so viel zu essen, wie du willst!«, verspreche ich ihm. »Aber erst mal sollten wir irgendwie Oma Bescheid sagen, dass wir Kiwa besiegt haben und sie zurückkommen kann. Die Frage ist nur, wie wir das hinkriegen. Ich meine, sie ist da oben auf dem Mond und …«

»Bin ich nicht«, erklingt Omas Stimme neben mir.

Sie breitet ihre Arme aus.

»Kommt her, ihr Süßen!«, sagt sie und wir drücken uns alle fest an sie. »Was bin ich froh, dass euch nichts passiert ist, ich hatte schon das Schlimmste befürchtet.

Ich habe die ganze Zeit versucht, wieder runterzukommen, aber Kiwa hatte ein Kraftfeld um den Mond herum installiert. Als ich gesehen habe, dass es sich plötzlich aufgelöst hat, habe ich die Chance sofort genutzt. Aber jetzt erzählt mir lieber erst mal, was hier passiert ist? Es sieht ganz danach aus, als hättet ihr Kiwa doch noch ausgeschaltet, und zwar sehr gründlich. Oder nein. Wisst ihr was? Das könnt ihr mir alles später ganz in Ruhe erzählen. Ich will jetzt erst mal wieder runter in diese Hölle und die vielen armen Menschen befreien.«

»Ja, eine sehr gute Idee, mach das«, sagt Lilly. »Brauchst du Hilfe?«

»Nein, ihr habt nun wirklich mehr als genug für meine Welt getan«, sagt Oma. »Ihr erholt euch jetzt erst mal gründlich von den ganzen schrecklichen Erlebnissen. Durch die Tür dort kommt ihr nach oben. Bedient euch am Kühlschrank und macht es euch in meinem Garten gemütlich. Wir sehen uns dann später.«

Sie löst sich in Luft auf. Und mit ihr auch der letzte Rest der Anspannung, die uns in den vergangenen Tagen nicht losgelassen hat. Das war selbst für den Sohn des Teufels zu viel. Eins steht fest: Ich will so schnell wie möglich wieder nach Hause!

Nicht zu weich

»Wir wären dann so weit, Oma«, sage ich.

Wir stehen abreisebereit in der Küche von St. Fidibus. Um uns herum wuseln jede Menge Leute, es wirkt sehr chaotisch, aber alle scheinen Spaß zu haben. Oma flitzt ständig hin und her und erklärt jedem, was er zu tun hat.

»Oma?«, hake ich nach, weil sie uns offenbar in der Hektik nicht gehört hat.

»Was denn? Oh, da seid ihr ja schon!«, erwidert sie. »Ist es schon so spät? Wir hatten doch zwölf Uhr gesagt, oder?«

»Es ist zehn nach zwölf«, sage ich.

»Was, schon?«, wundert sich Oma. »Die Zeit vergeht aber auch wie im Flug, wenn man sich um alles selbst kümmern muss. Pass auf, dass die Kartoffeln nicht anbrennen, Sophia! Du musst den Herd niedriger einstellen!«

»Wie geht denn das?«, fragt Sophia.

»Die runden Knöpfe da vorne dran! Dreh den rech-

ten auf vier!«, erklärt Oma. »Und die Kartoffeln immer schön schwenken! Lukas, was ist mit dem Gemüse? Es darf nicht zu weich werden!«

»Äh, weich ist es nicht!«, antwortet der Junge, der neben Sophia am Herd steht. »Aber es riecht komisch und wird langsam schwarz!«

»Dann runter damit vom Herd!«, befiehlt Oma. »Schnell! Hat schon jemand die Tische gedeckt?«

»Ja!«, ruft Sophia. »Das wollten Sina und Felix machen!«

»Ja, aber *haben* sie es auch gemacht?«, will Oma wissen.

»Keine Ahnung!«, antwortet Sophia. »Ich glaube, die Bratkartoffeln sind gleich fertig!«

»Das ist zu früh!«, erwidert Oma. »Stell sie in den Ofen! 75 Grad! Was muss noch gemacht werden? Der Salat! Hat sich irgendjemand um den Salat gekümmert? Der muss noch gewaschen werden!«

Oma wuselt weiter hektisch durch die Gegend und hat uns offenbar schon wieder vergessen, aber das ist auch kein Wunder. Die erste offizielle Mahlzeit in St. Fidibus ohne Kiwa steht bevor und bis heute hat noch niemand in Omas Welt Essen selbst zubereitet. Und das ist ja nicht das Einzige, worum sie sich jetzt kümmern muss. Sie war heute Morgen schon auf der ganzen Welt unterwegs, um den Menschen zu erklären, warum es erst mal keine Kiwa mehr geben wird. Nebenbei hat sie noch alle Menschen von unten wieder zurückgebracht und die Stromversorgung gesichert und was weiß ich noch alles gemacht.

»Thea, der Ofen qualmt so komisch!«, ruft Sophia. »Soll das so sein? Du hattest 175 Grad gesagt, oder?«

»75!«, erwidert Oma. »175 ist viel zu heiß! Schnell, hol die Kartoffeln da raus, bevor sie komplett verkohlen!«

Ich fürchte, das wird noch ein langer Weg bis zu

einem normalen Tagesablauf in Omas St. Fidibus. Und ganz viel Arbeit, bei der wir nur im Weg wären. Das ist aber nicht der Hauptgrund, wieso wir alle wieder nach Hause wollen. So schön diese Welt auch anfänglich war, irgendwie ist es zu Hause doch am schönsten. Wenn Oma hier alles geregelt hat, kommen wir sehr gern mal wieder für ein paar Tage zu Besuch, aber das reicht dann auch. Jetzt gerade können wir es jedenfalls kaum erwarten, bis Oma uns wieder nach Hause bringt. Außer Gustav, der ist nicht ganz so ungeduldig wie wir. Er klebt schon den ganzen Vormittag an Emma und ich habe auch bereits einige Tränen fließen sehen. So, wie es aussieht, ist der Abschied von Menschen, die man mag, viel schmerzhafter als der von Orten.

»Oma?«, versuche ich es erneut. »Vielleicht könntest du uns ganz kurz zwischendurch nach Hause …«

»Was? Ach so!«, sagt Oma. »Euch hatte ich schon wieder ganz vergessen! Wollt ihr nicht vielleicht doch noch zum Essen bleiben? Ich kann euch nicht versprechen, dass es gut wird, aber es steckt ganz viel Liebe drin. Danach ist es hoffentlich nicht mehr ganz so hektisch hier und ich bringe euch nach Hause.«

»Ja«, sagt Cornibus, der als sehr dicker Kater neben mir auf dem Boden sitzt. »Essen bleiben. Cornibus liebt schwarze Bratoffeln.«

»Was liebst du eigentlich nicht?«, frage ich lachend.

»Das wird dann aber deine letzte Mahlzeit für sehr lange Zeit. Wir müssen dich unbedingt wieder in Form bringen, wenn wir wieder zu Hause sind, sonst platzt du wirklich noch irgendwann.«

»Cornibus nie platzen. Cornibus nur schmatzen.«

Wir lachen alle.

»Also, ihr bleibt zum Essen?«, fragt Oma.

Ich schaue die anderen an, alle nicken, Gustav besonders kräftig.

»Sehr gut!«, sagt Oma und klatscht in die Hände.

»Dann verschwindet jetzt bitte aus meiner Küche, hier stehen schon viel zu viele Leute unnütz im Weg herum. Wenn ihr wollt, könnt ihr draußen nachgucken, ob die Tische gedeckt sind, und gegebenenfalls helfen, falls es, wie ich befürchte, nicht so ist. Husch, husch, raus mit euch, ihr Süßen!«

Eine Viertelstunde später sitzen wir mit allen anderen draußen im Garten an den Tischen. Die Stimmung ist super, man hört ganz viel Gelächter, es wirkt überhaupt nicht so, als sei gerade erst gestern die halbe Welt zusammengebrochen. Das Gelächter wird allerdings deutlich leiser, als Oma und die anderen aus der Küche das Essen auf den Tisch stellen.

»Greift zu! Greift zu!«, sagt Oma. »Es ist mit Sicherheit nicht das Leckerste, das ihr jemals gegessen habt, aber dafür wurde es freiwillig und mit ganz viel Hingabe zubereitet!«

Alle laden sich Bratkartoffeln, Gemüse und Salat auf die Teller. Viele Mienen verziehen sich, sobald die Leute den ersten Bissen im Mund haben, aber die meisten zucken nur kurz mit den Schultern und schaufeln dann gierig das Essen in sich hinein. Ich muss zugeben, dass es mir ziemlich gut schmeckt, weil es mich ein bisschen an zu Hause erinnert – alles hat dieses gewisse Höllenaroma, selbst der Salat.

Als auch der letzte Happen aus den Schüsseln gekratzt

ist und alle fertig sind, steht Oma auf und schlägt mit einer Gabel an ein Glas.

»Hört mal bitte kurz zu, ihr Lieben!«, sagt sie und alle werden nach und nach still. »Wie wäre es mit einem Riesenapplaus für unsere fleißigen Küchenhelfer? Sie müssen zwar noch ganz viel üben, aber ich finde, für das erste Mal haben sie sich sehr gut geschlagen, oder?«

Applaus und Jubel branden auf.

»Ich weiß, das wird jetzt erst einmal eine schwierige Zeit der Umstellung«, fährt Oma fort. »Ihr seid es nicht gewohnt, vieles selbst machen zu müssen, bisher hat euch Kiwa immer alles abgenommen. Aber glaubt mir, wir können alle froh und erleichtert sein, dass sie es nicht mehr tut, denn diese Annehmlichkeiten hatten einen sehr hohen Preis, wie ihr mittlerweile wisst. In Zukunft werdet ihr also mehr zum Gemeinschaftsleben beitragen müssen, vor allem mehr Arbeit. Das wird am Anfang sehr ungewohnt sein und sehr oft wahrscheinlich keinen Spaß machen, aber ich bin mir ganz sicher: Gemeinsam schaffen wir das!«

Alle klatschen und johlen.

»Sehr schön!«, sagt Oma strahlend. »Freut mich, dass ihr das genauso seht wie ich! Und zum Abschluss unserer ersten selbst zubereiteten Mahlzeit möchte ich euch noch um einen ganz besonders kräftigen Applaus für diejenigen bitten, die uns vor Kiwa gerettet haben:

meine bezaubernden, furchtlosen und sehr cleveren Enkelkinder und ihre fantastischen Freunde!«

»Und Cornibus«, sagt ein sehr dicker Hamster mit prall gefüllten Backen, bevor er das Gleichgewicht verliert und rückwärts vom Tisch kullert.

»Und Cornibus natürlich!«, fügt meine Oma lachend hinzu.

Alle stehen auf und applaudieren uns. Und jubeln. Und applaudieren weiter. Und weiter. Das hört ja gar nicht mehr auf, wir werden alle ganz rot vor lauter Rührung.

Oma kommt zu uns an den Tisch und umarmt uns.

»So«, sagt sie. »Jetzt helft ihr bitte noch beim Abräumen und dann bringe ich euch nach Hause.«

Eine halbe Stunde später stehen wir mit Oma in ihrem Wohnzimmer.

»Seid ihr bereit?«, fragt sie. »Dann kann's gleich losgehen.«

Ja, wir sind alle bereit. Das heißt: fast alle. Gustav und Emma sehen sich an und es kullern wieder Tränen.

»Oje, ihr Armen«, sagt Oma. »Ihr habt euch schon sehr lieb, nicht wahr?«

Die beiden nicken schluchzend.

»Du darfst gerne hierbleiben, Gustav«, sagt Oma. »Oder Emma kann auch mit zu euch kommen.«

»Nein«, sagt Emma. »Darüber haben wir schon geredet. Ich möchte hierbleiben und dabei helfen, unsere Welt neu zu gestalten. Und Gustav will es seinen Eltern nicht antun, einfach so zu verschwinden.«

»Das wäre so, als hätte Kiwa mich nach unten geholt«, sagt Gustav. »Aber vielleicht kann ich Emma ja irgendwann mal besuchen?«

»Oder ich ihn?«, fügt Emma hinzu.

»Das kriegen wir ganz sicher hin«, sagt Oma.

Gustav und Emma umarmen sich ein letztes Mal, dann tritt Gustav neben uns.

»Ihr seid mir hoffentlich nicht böse, wenn ich euch nur kurz zu Hause abliefere?«, fragt Oma. »Ich muss gleich wieder zurück, hier ist einfach zu viel zu tun.«

»Kein Problem, Oma«, sage ich. »Das verstehen wir natürlich.«

»Wohin genau soll ich euch bringen?«, will sie wissen.

»Dorthin, wo wir gestartet sind«, sagt Lilly. »Zu mir in die Küche. Das ist am sichersten, da sieht uns höchstens Onkel Wolfram, wenn wir plötzlich aus dem Nichts auftauchen.«

»So machen wir das«, sagt Oma. »Und ich bringe euch auch genau zu dem Zeitpunkt zurück, an dem wir aufgebrochen sind?«

»Ja, bitte«, sagt Aaron. »Dann haben wir nichts in der Schule verpasst und niemand hat unsere Abwesenheit bemerkt.«

»Kein Problem«, sagt Oma. »Dann wollen wir mal.«

Sie blinzelt einmal und keine Sekunde später tauchen wir in Lillys Küche wieder auf. Ihr Onkel sitzt am Küchentisch und isst gerade ein Stück Kuchen. Als wir plötzlich vor ihm stehen, fällt er vor Schreck fast vom Stuhl.

»Huch, wo kommt ihr denn her?«, sagt er. »Und wer ist diese Frau?«

Stimmt, er kennt Oma ja noch gar nicht. Also, er hat sie schon kennengelernt, bevor wir in die andere Welt aufgebrochen sind, aber Oma hat es so eingerichtet, dass er sich nicht mehr daran erinnern kann. Für ihn waren wir überhaupt nicht weg.

»Onkel Wolfram!«, ruft Lilly und fällt ihm um den Hals. »Ich freu mich so, dich endlich wiederzusehen!«

»Äh … das ist schön«, sagt Herr Rosenberg verwirrt. »Aber wir haben uns doch vorhin beim Mittagessen gerade erst gesehen.«

»Haben wir nicht!«, erwidert Lilly. »Also, du mich schon, aber ich dich nicht! Wir waren fast zwei Wochen lang weg! In Omas Welt! Und wir wären fast nicht mehr zurückgekommen! Wegen Kiwa!«

»Äh … Moment, nicht so schnell«, sagt Herr Rosenberg. »Omas Welt? Wessen Oma? Eure? Und sie heißt Kiwa?«

»Nein«, sagt Oma und streckt Herrn Rosenberg ihre Hand entgegen. »Ich heiße Thea. Schön, dich noch mal kennenzulernen.«

»Äh … ja … gleichfalls«, sagt Herr Rosenberg und schüttelt Omas Hand. »Noch mal? Ich wüsste nicht, wann wir uns …«

»Das werden dir die Kinder gleich alles erklären«, unterbricht ihn Oma. »Ich muss leider schon wieder weg, auf mich wartet sehr viel Arbeit zu Hause.«

Oma geht auf uns zu und drückt jeden Einzelnen noch einmal ganz fest.

»Macht's gut, ihr Süßen«, sagt sie. »Sobald ich bei uns

alles geregelt habe, komme ich euch ganz sicher mal wieder besuchen. Ich vermisse euch jetzt schon.«

»Bitte ganz viele liebe Grüße an Emma, ja?«, sagt Gustav.

»Richte ich natürlich aus«, sagt Oma.

»Ich wünsche dir viel Erfolg bei der Neugestaltung deiner beeindruckenden Welt«, sagt Aaron. »Ohne Kiwa wird sie bestimmt noch schöner. Noch schöner.«

»Oje«, sage ich bedauernd. »Dein Tick ist ja wieder da. Die anderen dann wahrscheinlich auch. Das ist natürlich blöd.«

»Überhaupt nicht«, erwidert Aaron lächelnd. »Es war zwar am Anfang sehr angenehm, keine Ticks zu haben, aber dann habe ich sie tatsächlich sogar ein bisschen vermisst. Sie sind ein Teil von mir und ohne sie fühle ich mich auf Dauer nicht komplett. Komplett.«

»Ja«, sagt Lilly. »Irgendwie hat mir auch immer etwas gefehlt, wenn wir uns unterhalten haben. Ich finde es schön, dass du wieder ganz der Alte bist.«

Lilly und ich verabschieden uns noch von Oma und dann ist sie auch schon verschwunden. Hoffentlich dauert es nicht so lang, bis wir sie wiedersehen. Ich werde sie nämlich auch vermissen.

»Äh … hier ist ja was los heute«, sagt Herr Rosenberg. »Könntet ihr mir jetzt vielleicht mal erklären, was das alles soll? Habe ich das richtig verstanden: Ihr wart zwei Wochen lang in einer anderen Welt? Was habt ihr denn da gemacht? Und was ist mit Cornibus passiert? Er sieht aus wie ein viel zu fest aufgeblasener Fußball.«

»Oh ja, das stimmt!«, sage ich lachend. »Hörst du, Cornibus? Herr Rosenberg findet auch, dass du zu dick bist. Aber das werden wir ganz schnell ändern. Ab heute gibt es nur noch ganz kleine Portionen für dich.«

Ein Grummeln dringt als Antwort zu mir nach oben.

»Wie viel Uhr ist es eigentlich?«, fragt Lilly. »Ich habe irgendwie jegliches Zeitgefühl verloren.«

»Haha!«, sagt Herr Rosenberg und sein Gesicht verwandelt sich in ein breites Grinsen. »Das ist genau die richtige Frage, um euch meine neueste Errungenschaft vorzuführen! Sie ist gerade vorhin mit der Post gekommen! Passt auf! Lilly, wie viel Uhr ist es?«

»Ja, aber das habe *ich* doch gerade gefragt«, erwidert Lilly verwundert.

»Warte, manchmal funktioniert es nicht beim ersten Mal«, sagt Herr Rosenberg. »Ihr müsst leise sein. Also, noch mal: LILLY, wie viel Uhr ist es?«

»Hallo, Wolfram«, ertönt plötzlich eine Stimme, die sich haargenau so wie Kiwa anhört. »Es ist sechzehn Uhr achtunddreißig.«

Wir zucken alle erschrocken zusammen und schauen uns panisch um. Die Stimme scheint aus einem kleinen, runden Ding zu kommen, das neben dem Kühlschrank steht.

»Was … was ist das?«, fragt Lilly entsetzt.

»Genial, oder?«, sagt Herr Rosenberg lachend. »Das ist meine neue sprachgesteuerte Assistentin. Wahnsinn, was die Technik heutzutage alles kann, oder? Sie sagt mir die Uhrzeit, liest mir Nachrichten vor und spielt jedes Lied, das ich mir wünsche. Ich habe sie Lilly genannt.«

»Na, vielen Dank auch«, knurrt Lilly. »Dann verabschiede dich mal lieber ganz schnell von deiner neuen Lilly.«

Sie greift sich das runde Ding und feuert es mit voller Kraft auf den Boden. Es zerspringt in Stücke und Lilly trampelt mit beiden Füßen auf den Resten herum, bis es wirklich in alle Einzelteile zerlegt ist, die nun kreuz und quer auf dem Küchenboden verteilt liegen.

»Ja, aber … aber … Was soll denn das?«, will Herr Rosenberg wissen. »Du kannst doch nicht einfach so meine Lilly kaputt machen! Die war teuer!«

»Glaub mir, es ist besser so«, brummt Lilly.

»Ja, aber … ich verstehe das nicht«, sagt Herr Rosenberg. »Hat das auch etwas mit eurem Aufenthalt in dieser anderen Welt zu tun? Wie lange wart ihr da? Zwei Wochen? Wobei, da fällt mir gerade ein: Gut, dass ihr nicht wirklich zwei Wochen weg wart. Dann hättet ihr nämlich euren Geburtstag nächste Woche verpasst.«

»Oh, stimmt!«, sagt Lilly. »Daran habe ich die ganze Zeit überhaupt nicht gedacht! Wir haben ja Geburtstag!«

Das ist schön. Und ich habe auch irgendwann schon mal davon gehört, dass man das hier oben irgendwie feiert. Bei uns unten gibt es das nicht, Geburtstag, da sind ja alle schon tot, wenn sie ankommen. Lilly hat also Geburtstag. Und noch irgendjemand. Aber wer? Aaron vielleicht? Gustav? Keine Ahnung.

»Wer ist denn *wir*?«, frage ich vorsichtshalber nach.

Könnte ja sein, dass man da irgendwas machen muss, wenn jemand Geburtstag hat. Und ich will nicht blöd dastehen, weil ich irgendwas *nicht* gemacht habe. Oder das Falsche. Das passiert mir ja leider immer noch sehr oft hier oben.

Die anderen gucken sich an und fangen an zu lachen.

»Was denn?«, frage ich verwundert. »Ich hab doch noch gar nichts falsch gemacht. Oder doch?«

»Du Dummerchen«, sagt Lilly lachend. »Natürlich hast *du* auch Geburtstag, wenn *ich* Geburtstag habe. Wir sind Zwillinge, schon vergessen? Das bedeutet, dass wir am selben Tag Geburtstag haben.«

»Oh!«, sage ich erstaunt. »Das war mir nicht klar. Ich hatte noch nie Geburtstag. Muss ich da irgendwas machen?«

»Oh ja, das musst du leider«, antwortet Lilly und legt

mir mit ernstem Blick eine Hand auf die Schulter. »Und das wird nicht leicht. Du musst jetzt sehr stark sein, Luzie. Du musst nämlich … mit uns allen eine Riesen-Geburtstagsparty feiern!«

Was, echt? Eine Party? Davon habe ich auch schon gehört, aber ich war nie bei einer dabei. Das muss etwas Lustiges sein, die anderen grinsen jedenfalls so, als würden sie sich darauf freuen.

»Cool!«, sage ich also. »Wann geht's los?«

Jochen Till, geboren 1966 in Frankfurt/M., sitzt seit nunmehr zwanzig Jahren in der Hölle in Abteilung 66 (Schriftsteller und andere Lügenerfinder), von Luzifer höchstpersönlich dazu verdonnert, Kinder- und Jugendbücher zu schreiben. Was der Teufel allerdings nicht weiß: Er fühlt sich pudelwohl dort unten und hat höllischen Spaß dabei.

Raimund Frey, geboren 1982 in Isny im Allgäu, zeichnete bereits im zarten Alter von 5 Jahren seine erste Kuh. Luzifer hielt das Bild für ein äußerst gelungenes Porträt von sich selbst und holte Raimund sofort in die Hölle. Seitdem sitzt er dort und malt alles, was der Teufel von ihm verlangt. Und wenn der Chef gerade nicht hinguckt, zeichnet Raimund heimlich ganz viele Dinosaurier.

Höllisch gute Produkte zu Luzifer junior findet ihr hier:

www.luziferjunior.shop

LUZIFER junior
FREUT EUCH AUF NEUE ABENTEUER!
HERBST 2020

666
7
MEN
WILLKOMMEN
WILLKOM